L'ÉNIGME DE L'ENFANT FÉE

LES CHRONIQUES DE JACK DONEGAN

L'ÉNIGME DE L'ENFANT FÉE

Un roman d'Anaïs Bonaventure

© 2024 Anaïs Bonaventure

Édition : BoD • Books on Demand GmbH, In de Tarpen 42,
22848 Norderstedt (Allemagne)
Impression : Libri Plureos GmbH, Friedensallee 273,
22763 Hamburg (Allemagne)

ISBN : 978-2-3224-9602-0
Dépôt légal : Octobre 2024

Vis aujourd'hui, comme si c'était le dernier jour.
Et fais des projets comme si tu étais là pour l'éternité.

Agatha Christie

RÉSUMÉ DU TOME PRÉCÉDENT
MYSTÈRE AU MANOIR D'ASHFORD

Juillet 1929. Jack Donegan est attiré par les mystères et lorsqu'un ami lui propose d'en résoudre un, il ne peut y résister. Il espère ainsi comprendre certaines choses sur son propre passé.

Jack rencontre donc la famille Harvest, vivant au manoir d'Ashford, et affronte une créature de la mythologie celtique, une Banshee, qui hante les lieux. Aux yeux du jeune homme, tous les résidents semblent avoir des choses à cacher. Observateur, il réussit à capturer des vérités sur les visages et derrière les paroles.

Après avoir découvert les secrets sur la famille Harvest et sur la Banshee, Jack comprend qu'il est temps pour lui de faire la lumière sur son propre passé qui le hante depuis l'enfance…

MAINTENANT,
DANS CE NOUVEAU TOME

Cette histoire est inspirée de faits réels prenant place en Irlande entre 1922 et 1998.

Néanmoins, ce roman demeure une fiction et n'a pas pour vocation de révéler des vérités. Personnages et intrigues ont été créés par l'imagination de l'auteure.

PROLOGUE
LA NUIT QUI S'ÉVEILLE

Lorsque la clarté diurne laisse place à l'obscurité charbonneuse de la nuit, l'invisible et le merveilleux s'éveillent.

※

Un silence, d'abord, règne dans l'habitation. Il enveloppe de son mutisme tous les couloirs et ne laisse échapper que le son d'une latte de parquet capricieuse qui craque sous l'effet de l'air rafraichi. Plus aucune lumière ne brille, sauf les étoiles à l'extérieur, laissant les ombres devenir reines dans ce lieu. Les humains, eux-mêmes, ont déserté l'endroit pour rejoindre une pièce précise de la maison et s'y endormir. Pourtant, derrière l'une des portes des murmures résonnent. Des rires étouffés se font entendre et une timide lueur vacillante parvient à se glisser sous la porte.

Deux enfants jouent sur leur couette étendue au sol.

Les deux frères ont à peine trois ans et dans la candeur de leur jeune âge, ils s'amusent des ombres créées par leurs mains avec l'aide de la bougie. Ils ne craignent pas le silence de la maison ni le vent qui fait cogner des branches contre la fenêtre. Ensemble, ils peuvent oublier les monstres cachés dans l'obscurité qui n'attendent qu'une occasion pour s'échapper.

Du moins, ils l'oublient le temps de leur jeu, mais après…

Après ils s'endorment enfin, et commence alors le long périple des rêves, ponctué de créatures entre enchantement et épouvante. C'est l'instant que choisissent les fées pour sortir de l'invisible.

Dans la nuit complète, lorsque les adultes dorment et laissent leurs enfants sans défense, ces créatures mythiques entrent, s'éloignent des coins obscurs de la maison et avancent sans obstacle. Elles jubilent, heureuses de découvrir l'innocence ainsi offerte.

Leur malice est bien connue, elles aiment enlever, substituer…

Mais, comment reconnaitre l'enfant des fées ?

C'est au cœur de la nuit, sous la pâle lueur de la lune que la magie prend vie, celle des rêves, mais aussi des cauchemars.

PREMIÈRE PARTIE
JUSTE, LA FIN
MERCREDI 14 AOÛT 1929

7 H30

La silhouette émerge derrière le tronc, tendue et élancée, puis poursuit sa course, jetant parfois un regard en arrière. L'endroit demeure désert, la nuit n'est plus qu'un souvenir tandis que l'aurore éveille la forêt sous le chant des oiseaux. La veille, la pluie apportait un spectacle apocalyptique. Ce matin, au contraire, le soleil embrase le ciel de belles et douces nuances orangées. Un tableau époustouflant où je pourrais enfin croire au peuple invisible occupant les lieux.

Oui, je serais tenté d'admettre la magie des fées et autres créatures de notre culture celtique, mais au contraire, je me concentre sur cette silhouette qui essaie de m'échapper.

Je jaillis à bout de souffle dans le dédale entremêlé de fougères, d'arbres d'aubépine aux apparences tortueuses et de racines glissantes couvertes de mousse que la rosée a rendue humide. « L'attraper à tout prix », voilà ce qui anime mon corps, lorsque celui-ci semble hurler de douleur. La course n'a jamais été mon domaine, mais pour rattraper cette silhouette qui me fuit, je serais prêt à tout !

Le terrain spongieux demeure instable malgré le début de journée ensoleillé, je dérape en prenant un virage serré à ma droite, me raccroche à l'écorce piquante d'un tronc et m'élance de nouveau. À plusieurs mètres devant moi, la personne que je poursuis modifie sa trajectoire, à droite puis soudain à gauche, comme une biche prise en chasse. Je lui crie de s'arrêter, mais la personne m'ignore et je m'enfonce davantage encore dans ce décor sinueux, laissant la forêt entière m'engloutir.

Bientôt, je ralentis ma course et pénètre dans une nouvelle clairière en jetant des regards aux alentours. Je tente de calmer ma respiration. Peine perdue. Puis concentre mon ouïe pour percer les secrets du bois. Des herbes sont dérangées dans un bruissement trop ténu pour provenir d'un être humain, tandis que les feuilles s'agitent sous le vent dans la cime des arbres. L'odeur de terre humide écrase mes poumons déjà fatigués par cette course matinale, et je ne peux me soustraire à cette sensation d'être observé. Une impression douce et sereine qui m'inflige pourtant une douleur jusqu'au plus profond de mon âme, me rappelant ce que j'ai perdu.

Soudain, le sentiment de solitude m'accable. Les images de la nuit de lundi se succèdent dans mon esprit et je voudrais hurler pour les déloger. Au lieu de cela, un sanglot s'étouffe dans ma gorge trop nouée pour pleurer. Alors, je laisse la rage prendre le dessus, une colère profonde et primale venant contaminer chaque muscle de mon corps. Je n'ai plus de douleur, qu'importe mes anciennes blessures, aucune courbature, ni poids sur ma poitrine, ma fureur m'apaise et me rappelle mon but.

Je sens mon visage qui s'étire. Je crois que je souris, un sourire étrange, car différent, celui d'un prédateur.

Sans m'interroger davantage, je repars en courant au travers des arbres en prenant soin d'éviter la mousse glissante et les racines traîtresses dépassant du sol ; la traque se poursuit !

Je finis par entendre de nouveau mon fuyard, il descend une butte couverte de ronces, saute au-dessus d'un rondin de bois desséché sur son chemin et bifurque pour rejoindre Merlin Meadows, droit sur la tour en ruine. Ne pouvant accepter de le perdre de vue, je force l'allure et m'engage dans ces buissons d'épines.

Tel un loup affamé, je me jette dans cette battue dans l'espoir d'extirper les émotions qui torturent mes pensées depuis hier, peut-être même depuis mon enfance à bien y réfléchir. Cette culpabilité qui entrave ma trachée et enroule autour de mon intestin une liane lardée de piques aiguisées. Cette silhouette que je pourchasse représente donc chacun de mes cauchemars, la monstruosité humaine dans toute son horreur. Je désire morceler ce corps qui déguerpit et m'abandonner enfin à la férocité.

Une déflagration résonne soudain et me fait oublier le vent agitant la canopée. Je me redresse, mes pensées se sont terrées dans un coin de mon esprit lorsque je comprends l'origine de ce son. Je dois agir, et vite ! Il ne suffit plus de le rattraper sans considération du boucan entraîné par mes pas sur les branches mortes qui craquent, je dois taire mon impatience et m'astreindre au silence, car la partie de chasse vient de se déséquilibrer.

Un essaim sauvage et énervé fend l'air autour de moi, chacun des dards cherchant leur proie. Je suis cette proie. Dans ma précipitation, à cause de mon orgueil et mon sentiment d'injustice, je n'ai pas agi avec prudence. Aurais-je pu prévoir que la silhouette cachait un revolver ?

Accroupi pour laisser le bosquet me camoufler, je tente de recouvrer mon calme tandis que la silhouette décharge son calibre dans ma direction dans des tirs répétés. Je pose avec mécanisme la main sur ma poitrine tâtant la poche intérieure de ma veste d'aviateur. Mon père m'avait donné cette veste à mes seize ans, ou peut-être l'avais-je simplement empruntée, c'était celle qu'il avait durant la Grande Guerre. Je cachais mes trésors dans ses poches en cuir, ce qui m'importait le plus, et sentir le bout de papier plié bien au chaud m'apaise et me donne le courage nécessaire. Je me redresse sans bruit, laissant mes yeux s'adapter à la lumière ambiante et je cherche sans relâche la cachette de mon assaillant.

Il est à proximité, je le discerne dans le craquement des branches. Se sachant en position de force, cette silhouette réfractaire, ayant fui à mon arrivée, a dû décider qu'elle pouvait se rapprocher en toute impunité pour s'occuper enfin de moi. Je n'ai aucune arme, je n'étais pas parti en forêt ce matin pour me battre ou l'appréhender. J'étais simplement venu me recueillir, faire mes adieux, tenter peut-être d'apaiser la vague émotionnelle qui tiraillait mes entrailles depuis plusieurs heures. Je regarde le sol, cherchant un caillou suffisamment pointu, un bâton assez solide pour pouvoir m'en servir. Puis je l'entends vociférer de sa voix rude dans un accent prononcé et au timbre rêche alors qu'il insère les balles dans le barillet :

— Tu n'aurais pas dû me chercher des noises, la gamine non plus ! Tu vas…

Mais je n'écoute pas la suite de la phrase, il a parlé d'elle, il aurait dû s'abstenir.

Je jaillis des fougères dans un grognement animal et me jette sur lui sans m'inquiéter de l'arme dans sa main gauche. D'ailleurs, la surprise est telle que l'homme n'a pas le temps de viser de nouveau. Mon coup de poing est fulgurant, l'autre peine à esquiver et finit par tomber lourdement à terre, emporté par son poids. Je me jette sur lui, animé d'une folie impétueuse, mais il me rejette d'un coup de pied dans la mâchoire et le choc m'étourdit quelques secondes.

Durant cette courte période, il a eu le temps de se redresser et me toise de toute sa taille. Son revolver git par terre, mais il ne semble pas s'en préoccuper et m'assène à nouveau un coup de pied, au ventre cette fois. Je me tords au sol de douleur, mais j'ai assez d'entrainement pour ne pas avoir le souffle coupé. Je feins l'immobilité, il prend donc de l'assurance et décide de m'attraper par la veste pour me redresser à genoux. Il s'élance pour m'asséner un crochet du droit en visant ma tempe déjà blessée. J'esquive au dernier moment. J'intercepte alors son bras qui passe à quelques centimètres de mon visage et lui enfonce mon poing dans l'estomac à la hauteur du foie. Un cri guttural s'échappe de ses lèvres, puis il s'écarte de moi avec force tentant de reprendre sa respiration.

Ce corps à corps n'est pas pour me déplaire, la boxe est un sport que je pratique depuis l'adolescence et l'idée d'abîmer l'expression de confiance de celui qui me fait face me réjouit. Je veux lui faire mal, autant que j'ai mal, et enfin extérioriser la peine que je ressens.

Mais je m'emballe trop vite, encore cette impatience !

Malgré sa grande taille et sa carrure volumineuse, l'homme est rapide. Il plonge sur le côté, attrape son revolver, arme le chien et tire. Le tumulte ricoche en écho contre les troncs d'arbre et propulse l'onde sonore dans toute la forêt. J'ai le temps de voir le canon de l'arme pointer sur moi, le temps d'entendre la détonation ensevelir mes oreilles sous un bourdonnement désagréable… Oui, le temps se joue de moi, surtout à cet instant où je n'ai plus le temps…

DEUXIÈME PARTIE
RENCONTRE SINGULIÈRE DU PREMIER JOUR
JEUDI 8 AOÛT 1929

I

12 H

Des vapeurs s'échappent des casseroles pour accompagner le fumet de légumes grillés et de viandes cuites au feu de bois. Il est à peine midi et déjà ça s'active en cuisine, plongeant la pièce dans une brume d'odeurs succulentes et de chaleur. Les assiettes viennent habiller la table de la salle à manger dans un cliquetis claironnant tandis que ça bavarde joyeusement entre les trois femmes présentes.

L'aide-cuisinière au visage poupin et aux courbes bien rondes, affublée de son tablier marron, raconte les dernières nouvelles du village. Les ragots ne sont pas appréciés dans ma famille, mais par politesse et peut-être aussi par sympathie, ma mère hoche la tête et ma sœur répond avec légèreté.

En me voyant les observer, ma mère me lance un clin d'œil tendre et articule quelques mots en silence pour savoir comment je vais. Je lui souris, bien sûr, et observe cette femme si digne et aimante. Mary Donegan, née Wilson, vient d'une noble famille anglaise, et cela se remarque au premier coup d'œil par son maintien droit et altier. Ses longs cheveux sombres et épais sont remontés en haut de sa nuque dans une coiffure complexe et constellée d'épingles. Néanmoins, ses vêtements demeurent plus simples et pragmatiques, on devine les années de vie dans la campagne profonde irlandaise. Elle a tant abandonné en quittant son pays et la haute société, pourtant, je ne l'ai jamais entendue se plaindre de l'existence miteuse offerte par mon père. Elle l'assiste dans son travail de médecin, acceptant de côtoyer la misère et l'affliction.

J'admire sa faculté de ne jamais regretter ses choix. De mon côté, je passe bien trop de temps à questionner mes décisions, me demandant si mes actions ont été les bonnes.

Malgré l'agitation autour et les parfums qui font gargouiller mon ventre, je reste silencieux, et retourne me concentrer sur le carnet face à moi. Le tumulte environnant ne perturbe pas mes pensées, au contraire, cela semble les stimuler ! Et je demeure assis, écrivant avec passion et ferveur dans une calligraphie fine.

— Jack, tu ne voudrais pas changer de place ?! Il y a d'autres endroits dans la maison où tu peux vaquer à ton occupation favorite du moment !

Je relève la tête et dévisage ma sœur qui me sourit. Ses longues boucles châtain foncé se déposent sur mes épaules alors qu'elle se penche et darde ses yeux d'un vert profond sur mon carnet pour tenter de décrypter les mots couchés sur le papier. Puis, elle poursuit :

— Je ne vois vraiment pas d'où te vient ce nouvel attrait pour l'écriture, surtout que c'est à peine lisible !

Je grimace en faisant remarquer :

— Je ne te dis rien quand tu accapares le salon pour peindre des paysages, laissant bon nombre de taches partout où tu passes !

— Il y a des heures pour ça, et là, je prépare la table pour manger. D'ailleurs, au lieu de gribouiller, monsieur l'étudiant d'Oxford, que penserais-tu de m'aider ?! Sauf si de telles besognes sont trop dégradantes pour ton intellect !

On échange un regard avant d'éclater de rire. Ma sœur, Aylin, entame sa quinzième année. De trois ans son aîné, je me retrouve dans son attitude rêveuse et c'est notre passion commune pour l'art et la littérature qui nous a unis, enfants. Nous aimions tous deux les histoires emplies de mystère et de magie. Depuis que je suis rentré à Galway, voilà cinq jours, elle profite de chaque instant pour m'asticoter. « Tu me manques », répond-elle lorsque je m'emporte. Mais je dois bien avouer que sa présence me fait du bien, tout autant que nos sympathiques escarmouches verbales !

Revenir à Galway pour rejoindre ma famille ne m'avait pas apaisé autant que je l'espérais. Je gardais en moi une fébrilité liée aux étonnants évènements dont j'avais été témoin il y a quelques semaines et auxquels, malgré moi, j'avais participé. Tous ces secrets et non-dits au sein d'une famille m'avaient donné à réfléchir et je m'interrogeais depuis sur la dynamique chez les Donegan. Étions-nous moins dysfonctionnels ou était-ce le propre du cadre familial de créer des relations étouffantes et parfois malsaines ?

J'étais parti si longtemps, trois années d'internat à revenir seulement pour les vacances, que je ne me rendais plus vraiment compte. Alors depuis mon retour, je garde une certaine retenue, parcouru par le besoin viscéral d'écrire afin d'organiser mes pensées et de balayer mes doutes, ou plutôt mes craintes.

Me dépêchant d'inscrire la fin de ma phrase, je referme ensuite mon carnet et attrape les couverts des mains d'Aylin pour les déposer autour des assiettes.

— Pas la peine de me houspiller, je finissais, je réplique dans un sourire.

C'est l'instant que choisit mon frère, Liam, pour rentrer.

Je marmonne un bonjour peu convaincu tandis qu'il fait le tour de la pièce pour embrasser ma mère dans un premier temps, puis ma sœur. Il adresse quelques paroles polies à la cuisinière, avant de virer vers moi. J'avais tenté de récupérer mon carnet sans être remarqué, peine perdue ! Je veux monter, me réfugier dans ma chambre et éviter une nouvelle confrontation, mais je n'ai pas la rapidité de l'aîné. Liam me devance et claque sa main sur mon calepin pour m'empêcher de l'attraper. Je soupire, sachant ce qui va suivre. De son timbre puissant et grave, il questionne avec ironie :

— Encore en train d'écrire, on ne vous apprend rien d'utile dans ton école d'aristocrates ?

Ces mots, s'ils avaient été prononcés par ma sœur, démontreraient notre complicité. Depuis notre enfance, avec Aylin, nous aimons nous taquiner. Mais la relation existante entre mon frère et moi demeure bien différente. Alors, je sais que le ton de plaisanterie qu'il utilise ne sert qu'à camoufler une véritable exaspération.

— Pas sûr que grand-père débourse son argent pour que tu gribouilles oisivement au lieu d'étudier le droit ! Qu'as-tu de si important à dire, ô toi qui profites du confort anglais ?!

Voilà, les hostilités sont lancées. Mon frère et moi conservons des liens ambigus et querelleurs depuis notre enfance, mais lorsque je suis parti dans cette *public school* sur les recommandations de notre grand-père maternel, nos rapports se sont dégradés. Jusque-là, il tolérait ma présence, appréciant me rabaisser à certaines occasions, mais toujours disponible pour m'épauler au besoin. Aujourd'hui, je peux sentir son amertume suinter de sa peau : je suis un traître à ses yeux, celui qui a sympathisé avec les Anglais. Ainsi, chaque fois que nous ouvrons la bouche, l'un comme l'autre, nous ne pouvons nous empêcher d'utiliser des mots capables de blesser. Un poids, jamais pleinement évoqué, vient corrompre nos échanges. Je n'ai pourtant pas demandé à quitter l'Irlande ni à voguer dans la société élitiste, mais il y a plus que cela pour détériorer notre lien fraternel. Cette chose jamais avouée...

Comme toujours, ma sœur intervient sur un ton enjoué pour alléger l'atmosphère.

— Jack écrit de superbes histoires mettant en scène des mythes et légendes pour les intégrer à notre réalité ! Les personnages sont touchants et les récits poétiques.

Une étincelle sauvage passe dans le regard de Liam et m'effraie par sa soudaineté. Je remarque alors son poing qui se contracte, un sourire crispé qui étire ses lèvres, puis il se tourne vers Aylin :

— Tant mieux si tu les aimes, petite sœur.

Puis il sort de la salle et rejoint l'étage.

Le silence s'installe après son départ. Aylin poursuit l'installation de la table et ajoute un couvert de plus, preuve que ma grand-mère, Deirdre, nous retrouve pour le déjeuner, tandis que ma mère s'approche sans bruit près de moi, dépose un baiser sur mon front, comme lorsque j'étais enfant, puis repart dans la cuisine. De mon côté, je reste pantois, attristé par le comportement de mon frère, autant que par le vide que je ressens après. Je finis par attraper enfin mon carnet, toujours échoué sur un coin de la table, le range dans la poche de mon pantalon à pinces, puis je prends la direction de ma chambre.

Une bassine d'eau, juchée sur le tabouret près du miroir, m'y attend. Je prends quelques secondes pour me dévisager dans le reflet de la psyché, étonné de ne pas me reconnaitre. Mes sourcils sont froncés dans une expression figée d'inquiétude, j'ai beau essayer de les détendre, rien n'y fait. Le sourire qui habituellement ornait le coin de mes lèvres se camoufle dans la pâleur de mon visage. Heureusement, il y a toujours mes cheveux châtains, domptés sous une couche de gomina et mes pommettes saillantes pour me rappeler la familiarité de cette figure fatiguée.

Sans m'attarder davantage, j'enlève mon veston gris et relève les manches de ma chemise avant d'immerger mon visage dans la bassine. La fraicheur m'arrache une grimace, mais je maintiens ma position, profitant encore quelques secondes du réconfort de la bulle insonorisée provoquée par le contact de l'eau sur mes oreilles. À bout de souffle, je crache le liquide glacial qui s'est inséré dans mes narines et expire avec soulagement. L'eau a cette faculté de nettoyer aussi bien le corps que l'esprit, de toutes ces émotions venant le polluer.

Après m'être essuyé le visage et les mains, je sors de ma poche mon carnet, l'objet ayant suscité tant d'animosité, pour le poser sur la commode, mais j'arrête mon geste au dernier moment. L'écriture n'avait jamais eu un rôle très impactant dans ma vie jusque-là. J'aimais surtout jouer de la guitare pour accompagner ma sœur et ma mère qui peignaient, ou mettre en chanson les légendes celtes racontées par ma grand-mère. L'écriture est une passion assez récente ; récente, mais devenue nécessaire.

Je noircis de mots des pages et des pages depuis plusieurs semaines. Le matin en me levant je laisse ma plume courir sur le papier dans un grattement réconfortant et je reprends ma session le soir venu jusqu'à tard dans la nuit. Parfois au milieu d'un repas, je suis pris d'une frénésie et je m'isole sous le regard étonné de mes parents. J'ignorais que j'avais ce manque au fond de la poitrine, mais depuis je ne peux m'en passer. Lorsque l'encre forme un mot, je me sens revivre. Oubliés mes cauchemars et ma colère, je n'ai plus d'inquiétude, protégé au travers de cette calligraphie énergique.

J'extériorise mes terreurs, celles d'être coupable... j'arrête de fuir.

C'est étonnant comme les phrases s'amorcent pour vider mon esprit. Une vague d'obscurité déferle, une noirceur que j'ignorais détenir. Parfois chuchotés, parfois crachés, les mots n'en finissent plus de tacher le papier. Ils sont emplis de larmes et de magie, ont parfois un goût amer et, souvent, les mots lacèrent l'intérieur de mon corps lorsque je les couche dans mon carnet.

Douloureuse, jouissive, comment pourrais-je expliquer à ma famille l'euphorie passionnelle procurée par l'écriture ?

Alors j'arrête mon geste, au lieu d'abandonner mon carnet sur la commode, je le range de nouveau dans ma poche. Il m'est devenu précieux, ce calepin à la couverture en cuir et parcouru de minuscules notes, les miennes, mes histoires. Je déteste cette nouvelle situation entre mon frère et moi, cette relation gangrénée, mais je ne peux renier ce lien sans me compromettre. C'est l'unique moyen que j'aie trouvé pour garder l'esprit lucide et poser à l'écrit les interrogations que je réserverai bientôt à ma famille.

Mes rencontres le mois dernier m'ont appris avec certitude qu'il n'est pas sain d'ignorer les secrets et les non-dits.

11

12 H 45

— *Bloody hell* ! je m'exclame en m'écartant de la table.

La famille est réunie pour manger et je viens de renverser une partie de mon verre de vin après une nouvelle pique lancée par mon frère à mon encontre. Il a évoqué, avec beaucoup de moquerie, l'article paru dans le journal il y a quelques semaines, que j'ai moi-même écrit, retraçant l'étrange affaire dans le comté de Mayo et mon implication avec l'inspecteur local. Étant donné que cet article est justement ce qui a éveillé la fibre littéraire en moi, je n'apprécie guère la raillerie. Alors que j'éponge comme je peux le vin rouge de mon pantalon (heureusement, sur le tweed marron, la tache reste quasi invisible), je darde mes yeux sur Liam, espérant peut-être le foudroyer du regard. Mais la boutade passe inaperçue auprès des autres membres de ma famille.

Mon père sourit en me remarquant paniquer pour essuyer le surplus de liquide rouge et contourne la table en m'apportant une serviette supplémentaire, avant d'interroger Liam sur une tout autre affaire :

— Comment se déroule le chantier chez les Sullivan ?

Il écoute la réponse avec attention, s'intéresse aux histoires de chacun, mais je devine les poches sous son regard doux. Étant le seul médecin qualifié dans la région de Galway, il travaille sans compter ses heures pour venir en aide à tous. Il est ainsi Colin Donegan, un père attentif autant qu'un homme calme et tempéré, dont l'unique but dans la vie est de secourir autrui. Avec ses compétences et connaissances, il aurait pu trouver facilement un emploi dans un cabinet à la capitale. Dublin l'aurait rendu prospère et plus riche, mais il préfère rester dans le village de son enfance afin d'apporter de véritables soins aux habitants du hameau. C'est d'ailleurs l'une des dissensions existantes entre mon grand-père maternel et lui. Le père de ma mère, Edward Lewis Wilson, vient d'une très grande famille de la noblesse anglaise. Il pense que Colin Donegan manque d'ambition. Mais en l'observant poser un regard aimant sur chaque membre de sa famille, écoutant chaque péripétie malgré sa fatigue, mon père, à mes yeux, est un véritable héros !

Liam lui ressemble beaucoup, aussi épris de justice et cherchant à aider la communauté. Ils ont aussi la même carrure large d'épaules et musclée des hommes de la campagne, un portrait doux et souriant, tandis que des boucles roux foncé viennent agrémenter leurs deux visages. La différence notable se concentre sur leurs mains : mon père les a fines et aptes pour recoudre les malades, mon frère au contraire a les paumes aussi larges que ma tête et certains doigts gardent les stigmates des combats de boxe auxquels il participe. Ensuite, Liam a hérité de l'orgueil si présent du côté des Wilson. Un trait de caractère complètement inexistant chez les Donegan.

Il bombe d'ailleurs le torse en répondant :

— Heureusement que je suis intervenu ce matin. Les travaux sur la toiture ont pris du retard, moins de main-d'œuvre, la plupart des équipements sont réquisitionnés, foutu Cosgrave[1] ! Ça devient compliqué et les conditions climatiques vont se détériorer...

---

[1] William Cosgrave est élu en 1922 pour réprimer l'agitation républicaine. Il adopte une politique conciliante avec Londres qui permet à l'économie irlandaise de prospérer. Mais cette politique est plus profitable aux grands propriétaires et à la bourgeoisie.

Ma grand-mère, jusque-là occupée à discuter avec Aylin concernant les ornements celtiques qu'elle voudrait ajouter sur des tentures, tourne la tête et intervient :

— J'ai prévenu le village des intempéries attendues dans les jours à venir, d'étranges tempêtes sont à prévoir, causées tant par la pluie que par l'humain…

Voilà, des paroles énigmatiques laissant le reste de la famille dans un état de surprise et d'incompréhension. D'après moi, Deirdre apprécie glisser ce genre de répliques cryptées pour que le doute plane sur l'assemblée. Elle utilise son timbre de conteuse dans ces cas-là, une voix chaude et un peu brisée par les années, les « r » roulant comme des cailloux qui s'entrechoquent dans un cours d'eau. À l'instant où elle a prononcé cette phrase, elle me dévisage avec malice.

— Mon petit Jack, il faudra faire une offrande au peuple invisible, tu te souviens comment on fait ? Nous n'aimerions pas éveiller sur nous sa colère.

Deirdre est une femme que je respecte beaucoup. Outre le fait qu'elle soit ma grand-mère, elle est aussi la Vate[2] du village (ou Ovate dans le contexte moderne de notre époque), pratiquant encore les rites celtes, et tous l'écoutent. Elle est dotée d'une présence incroyable et son âge avancé n'amoindrit en rien ce charisme. Nous sommes assez proches elle et moi, il faut dire que je suis l'un de ses rares petits-enfants à adorer ses histoires et qui les écoute avec dévotion. Je ne me considère pas comme superstitieux, je ne suis pas porté sur la religion non plus, mais je préfère garder un esprit ouvert, et les légendes celtes offrent une évasion réconfortante à mes oreilles. Perdre mon frère jumeau à l'âge de cinq ans m'a forcé très tôt à questionner la mort et l'existence humaine.

---

[2] Devin qui s'occupe du culte, de la divination et de la médecine. Les femmes participent à cette fonction.

Je me réjouis donc de ses paroles, amusé et ravi de me replonger dans des souvenirs d'enfance où elle m'envoyait prier les esprits des bois : occupation originale et éloignée des pensées prosaïques qui m'accablent ces derniers temps.

— Je m'en occupe à la tombée de la nuit, Deirdre. Et, oui, je m'en souviens parfaitement. Mes années en Angleterre n'ont pas détruit tout ton enseignement !

En quittant le manoir d'Ashford pour rejoindre le comté de Galway, j'entamais une quête de vérité, pensant dégoter mes réponses au sein de ma famille. J'espérais dépouiller l'inviolable loi du silence concernant la mort de mon frère et enfin, peut-être, trouver un moyen d'expier ma faute. Car je me sentais coupable depuis mon enfance, mais sans véritables souvenirs de ce qu'il s'était passé cette fameuse nuit en France. Pourtant, en cinq jours de présence, je m'étais enlisé dans le quotidien, oubliant mes résolutions.

Nous continuons tous à manger joyeusement, tandis qu'un brouhaha s'élève dehors. À cet instant, le sourire de Deirdre se fige, elle plisse les yeux avant de répliquer :

— Jack, tu n'auras peut-être pas le temps d'attendre ce soir…

Véritable prophétie, une dizaine de secondes après les étonnantes paroles de ma grand-mère, on entend frapper, des bruits lourds et pressés. Mes parents se dévisagent, surpris, puis mon père se lève d'un pas trainant et se dirige vers la porte d'entrée se trouvant juste en face de la salle à manger. Il pose sa main sur la poignée pour ouvrir, mais déjà on cogne de nouveau. Qui que cela soit dehors, cette personne semble nerveuse et pour le moins impatiente.

La mère Sullivan, l'une des doyennes du village, fait face à mon père, mais interpelle ma grand-mère toujours assise à table :

— Deirdre, nous avons un cas pour toi. Nous ignorons quoi faire de la petite.

Elle tourne cette fois la tête vers mon père et ajoute :

— D'ailleurs, tu pourrais peut-être l'ausculter toi aussi, sait-on jamais.

Avec un peu de difficulté, ma grand-mère s'extirpe de sa chaise et rejoint le vestibule :

— De qui parles-tu, Orla ? Qui doit être ausculté ?

Le visage flétri et sévère répond d'une voix alarmée :

— Une sorte de… (un rictus de dégoût ébranle les traits tombants de la vieille femme) c'est une gamine, nous l'avons trouvée vagabondant dans le village, personne ne sait qui elle est. Et…

La doyenne semble hésiter et Deirdre la presse :

— Et quoi, Orla ? Qu'y a-t-il de plus ?

— Elle ne parle pas, aucun son ne franchit ses lèvres pâles… et ses yeux… Elle est d'ailleurs toute pâle, aussi blanche qu'un esprit !

Mon père secoue la tête, effaré par la réflexion superstitieuse et ajoute aussitôt :

— Une fillette égarée ? Jack, Liam, allez la chercher et amenez-la ici sans perdre de temps, j'ai ma mallette avec mon nécessaire médical dans mon bureau.

III

13 H

Sans nous concerter, mon frère et moi nous levons et sortons de la maison. Immédiatement, le soleil du mois d'août nous accable par sa chaleur. Cette année, l'été a été des plus étouffants et je suis ravi de ne porter qu'une fine chemise en coton sous mon gilet sans manches. À côté de moi, Liam conserve toujours sa veste et je remarque déjà des gouttes de sueur naître sur son front, à la racine de ses cheveux.

Notre village n'est pas très grand. Proche de Galway, il s'agit d'un hameau où tout le monde se côtoie depuis l'enfance. Il y a si peu de gens que tous se connaissent. Les secrets ont la vie dure ici et les rumeurs voyagent avec la rapidité d'un 1½ Strutter, cet avion que mon père a piloté en 1916 lors de la bataille de la Somme.

Justement, le tumulte gonfle sur la place où l'on arrive. Un fracas dont je ne peux en extraire de sens, les mots se mélangent dans une cacophonie incompréhensible, mais je sens palpiter une défiance. D'un simple échange de regards, Liam et moi accélérons le pas, une certaine crainte commence à nous gagner en lisant sur les visages autour de nous une peur mêlée de colère. Jouant des coudes, nous traversons la marée humaine.

Tel un troupeau, les habitants se sont tous amassés et ils encerclent une frêle créature à peine visible. Je la vois chanceler, la tête dodelinant sans force, mais poursuivant néanmoins son chemin sans considération des gens autour. Le minuscule corps est recouvert d'un morceau de tissu, à l'origine de couleur grise, mais dont la boue est venue compromettre l'aspect. Une petite robe assez courte, laissant paraitre des bras et des jambes maigrelets et lardés de griffures à vif.

Encore à pousser pour me faire une place, je suis le premier à émerger au centre du parvis tandis que, derrière, mon frère tente de calmer les esprits. En m'approchant, je remarque la tignasse aux boucles emmêlées, la couleur cuivrée est accentuée par les rayons du soleil. Un pas de plus, je devine des joues rebondies et rougies par la marche. Je croise son regard et je sais d'où vient la peur des villageois autour. Je commence enfin à comprendre les vociférations de certains. Pourtant, tout ce que je vois, c'est une fillette à peine âgée de quatre ou cinq ans, l'air perdu et épuisé. Son visage grimace, et je baisse alors les yeux pour découvrir ses pieds nus ensanglantés.

Je l'interpelle, mais sans déterminer ce que je lui dis concrètement, en fait, ce ne sont pas tant les mots prononcés qui ont leur importance, mais l'intonation douce de ma voix. Elle s'immobilise, soupire et s'effondre dans mes bras.

Mon frère me rejoint aussitôt, enlevant sa veste pour envelopper la fillette évanouie. Malgré la chaleur de ce début d'après-midi, sa peau est glacée. Sans effort, je la soulève et me tourne vers Liam pour qu'il ouvre la marche, mais la doyenne Sullivan nous bloque le chemin. Elle dévisage l'enfant dans mes bras avec une expression d'horreur et crache au sol avant de répliquer :

— Il faut que votre grand-mère nous débarrasse de cette créature !

Un léger gémissement s'échappe des lèvres desséchées de la fillette, et je resserre mon étreinte sur le corps frissonnant que je tiens dans mes bras. Je secoue la tête, déçu par le comportement des habitants de mon village. Orla Sullivan ne se laisse pourtant pas attendrir :

— N'aie pas de pitié Jack, les *changelings* n'en ont pas à notre égard !

Je ne prends pas le temps de la questionner davantage, Liam la repousse et je le suis pour nous éloigner de cette foule de plus en plus téméraire. En effet, alors qu'Orla murmurait avec hargne son verdict, un groupe d'hommes, des amis de mon frère se sont approchés tenant dans leurs mains des bâtons pour certains et des pioches pour d'autres. Je note aussi la présence de revolvers Webley accrochés aux ceintures des pantalons.

Liam se positionne devant moi et nous protège de sa large carrure. Je l'entends faire craquer ses doigts contre ses paumes, comme chaque fois qu'il se prépare pour un combat. D'une voix forte et assurée, il leur lance :

— Pas le temps de passer aujourd'hui, on en reparle demain...

— On n'est pas là pour la réunion, Liam, mais pour elle !

Je connais suffisamment les amis de mon frère pour savoir qu'ils sont sérieux. Des trentenaires, membres de l'IRA[3], ils se sont battus en 1921 pour éloigner la menace anglaise et lorsque le traité a été signé, ils ont fait partie de ceux qui ont continué à se battre. Ils savent se servir d'armes, ils savent tuer et je reste admiratif devant le sang-froid de mon frère qui leur fait face sans céder. Liam réplique avec aplomb :

— Deirdre et mon père désirent parler à la gamine, il n'y a rien à ajouter, rien à faire... Vous m'avez compris ?

Je suis derrière lui et ne peux voir l'expression qu'affiche mon frère, j'entends seulement le ton calme qu'il utilise. Rien d'alarmant au premier abord, rien de menaçant...

---

[3] Organisations paramilitaires luttant contre la présence britannique en Irlande depuis le début du 20ᵉ siècle.

pourtant, je remarque les couleurs déserter les visages face à nous.

Durant quelques secondes, rien ne se passe, puis les membres de l'IRA repartent et la foule finit à son tour par se disperser. Liam se tourne alors vers moi et, dans un mouvement de tête, m'enjoint de le suivre. Dans mes bras, la fillette s'est réveillée et garde ses yeux étranges rivés sur les miens. Je lui souris pour la rassurer et reprends ma marche.

Nous empruntons la porte arrière pour arriver directement dans le bureau de mon père. Celui-ci est occupé à farfouiller dans ses affaires, et Liam lui fait un rapport sur l'agitation au village. Je m'avance ensuite pour lui présenter la fillette, mais je renifle, étonné par l'odeur de brûlé. C'est là que j'aperçois ma grand-mère, dans un coin de la pièce, près de l'âtre, laissant des fleurs séchées se consumer sur les braises.

— Du millepertuis officinal, pour purifier, dit-elle avec sérieux.

Je hausse les épaules, puis dépose aussi délicatement que possible la fillette sur le canapé. Je sens pourtant une résistance alors que je cherche à me dégager et laisser le champ libre à mon père pour l'ausculter. Je baisse la tête et constate le petit poing agrippé à ma chemise, la gamine ne semble pas vouloir me lâcher.

— Ne t'inquiète pas, je lui murmure, je reste à côté. Tu es entre de bonnes mains, mon père est un excellent médecin.

Mon sourire semble la rassurer, un peu, et elle desserre enfin sa prise. Elle tourne ensuite sa tête vers mon père qui commence par regarder ses plaies aux bras et aux jambes. Ma grand-mère, quant à elle, dévie autour du mobilier en la dévisageant :

— La fumigation va aider, mais je vais préparer une infusion en plus, ça la gardera au calme…

Deirdre n'est pas une grande adepte de la médecine moderne et préfère se référer aux plantes et incantations pour soigner. Elle possède par ailleurs un immense jardin pour y faire pousser toutes végétations susceptibles de conserver des attributs sacrés et bénéfiques, car une fleur fraiche apportera de meilleurs résultats thérapeutiques. Voilà l'une des premières règles que j'ai apprises à ses côtés !

Mon père refuse son assistance et rétorque :

— Je ne suis peut-être pas l'Ovate du village, mère, mais je suis médecin. Je connais mon métier et je me souviens également des contre-indications du millepertuis sur le foie, alors abstenez-vous ! Si vous cherchez à tout prix à agir, demandez à vos contacts de Galway s'ils ont entendu parler d'une enfant disparue.

Il se tourne vers moi :

— Jack demande à ta mère de m'apporter une bassine d'eau chaude, je vais avoir besoin de nettoyer les blessures. Ensuite, toi et Liam, partez en quête d'informations, je vous note le lieu.

Sur une feuille, il écrit l'adresse avec rapidité avant de confier le papier à mon frère. Puis il s'affaire de nouveau près de la fillette, lui parlant d'une voix posée sans obtenir la moindre réponse en retour.

Je me détourne et rallie la famille dans le salon, accompagné par ma grand-mère. Ma sœur aussitôt me demande :

— Il y a besoin de quelque chose ?

— Une bassine d'eau chaude. J'ignore d'où elle vient et depuis combien de temps elle marche pieds nus, mais elle a de belles lésions sur le corps. Il faut à tout prix éviter les infections.

Ma mère se lève avec Aylin et elles partent dans la cuisine s'occuper de l'eau et trouver du linge propre. Deirdre en profite pour questionner mon frère avec insistance :

— A-t-elle dit quelque chose, son nom peut-être ? A-t-elle eu un comportement… disons, inapproprié ?

Mais je ne laisse pas le temps à Liam de répondre que je réplique d'une voix énervée :

— Les seules conduites à condamner sont celles de nos voisins ! On découvre une enfant errante dans le village, clairement en détresse, et tous la dévisagent comme une paria. Que pensent-ils donc, qu'il s'agit d'un démon ?!

— Mon petit Jack, tu as bien remarqué ses yeux. Son regard n'est pas celui d'une enfant, mais bien la manifestation de…

À cet instant précis, je déteste qu'elle m'appelle « mon petit Jack », j'ai la sensation qu'elle me rabaisse à un temps ancien où j'étais trop jeune pour discuter avec les adultes. Je ne la laisse pas finir sa phrase et interviens :

— La couleur de ses yeux n'est pas une preuve, Deirdre, juste une marque de singularité.

Il faut dire que la fillette ne possède pas un visage commun. Son œil droit a une jolie teinte verte tandis que son œil gauche demeure marron avec la pupille éternellement dilatée : cela lui confère une allure étrange et déconcertante.

IV

15 H

Le silence règne dans l'habitacle de la voiture, imprégnant l'instant d'un voile de tension. Le mouvement rapide de la berline sur la route bosselée nous agite sur les fauteuils et a au moins le mérite d'étouffer ce mutisme. Je jette parfois des regards vers le conducteur et observe avec appréhension la mine renfrognée de Liam. Notre père nous a chargés de recueillir des informations sur la fillette et nous voilà donc sur la route menant au village de Tuam. J'aurais préféré y aller seul.

Parfois je me demande s'il a existé un temps ancien où mon frère, Liam, et moi, nous étions proches. Je suis tellement habitué aujourd'hui à ses soupirs exaspérés chaque fois que j'ouvre la bouche pour parler, à ses yeux qui se lèvent aux cieux et à ses paroles sarcastiques en réponse à mes interrogations ; pourtant cela reste difficile à supporter. Alors, dans un espoir vain, je tente d'alléger l'atmosphère et de briser ce calme oppressant :

— Je suis curieux de ce couvent où on nous envoie. Je ne me souvenais pas qu'il y en avait un là-bas. J'espère qu'ils auront des réponses à nous donner...

Mauvaise idée à ce que je constate, car du coin de l'œil je le vois grimacer et j'entends ce soupir si caractéristique de son mécontentement. Durant de longues minutes, il ne prend même pas la peine de répondre, puis il finit par rétorquer d'un ton sec :

— Le couvent catholique a ouvert il y a quatre ans, tu avais déjà fui en Angleterre à cette époque-là !

Merci, Liam, pour cette réponse qui me rappelle que tu m'en veux toujours. Ma mauvaise humeur ébranle l'intérieur même de mon corps et je sens remuer dans mes intestins les griffes acérées de la colère, mais je tente de tempérer mes ardeurs.

— Cela explique en effet que je ne me souvienne pas de l'existence de cet endroit. Avec le nom de « Bon Secours », je suis convaincu que ça me serait resté en mémoire. Mais pourquoi père pense qu'on trouvera là-bas des informations ? Je sais que l'Église catholique est toujours très au fait de tout ce qu'il se passe dans son comté, mais…

Je n'ai pas le temps de formuler ma pensée que mon frère intervient :

— Il s'agit du couvent « *Bon Secours Mother and Baby Home*[4] ». Le nom te donne déjà une bonne idée de ce qu'on peut y trouver et de la raison pour laquelle Colin nous y a envoyés.

Cela me rend toujours perplexe d'entendre mon frère évoquer nos parents par leurs prénoms, mais au moins, la réponse a le mérite de ne pas être condescendante comme à son habitude !

Je vais pour poursuivre notre discussion, ravi d'avoir l'occasion d'alléger un peu le poids entre nous, mais lorsque nous arrivons aux abords de Claretuam, non loin du cimetière, mon frère appuie brusquement sur la pédale de frein et je manque de me cogner le front dans le tableau de bord. Malgré la force du freinage, il faut quelques mètres à la voiture pour s'immobiliser. Je vois alors mon frère sauter hors du véhicule et atteindre la fourche entre Belclare et Tuam. Désemparé par l'attitude de Liam, je le rejoins néanmoins en l'interpellant :

---

[4] Couvent catholique ouvert entre 1925 et 1961 à Tuam dans le comté de Galway en Irlande et servant de maternité pour certaines femmes.

— Tu es fou ! Pourquoi t'arrêtes-tu en plein milieu de la route ? On aurait pu avoir un accident.

— Regarde ! me dit-il dans une attitude empressée.

— Je ne vois rien de spécial, Liam.

Il m'attrape alors par la veste et m'attire à lui sans ménagement. Il pointe ensuite sa large main vers un buisson d'aubépine et je remarque enfin la raison de sa précipitation : un morceau de tissu gris.

Je ne peux m'empêcher d'être admiratif, car même si mon frère est réputé pour sa vision comparable à celle d'un faucon (c'est d'ailleurs lui qui est envoyé pour repérer les lieux avant chaque action de son groupe pour l'IRA), je ne peux qu'approuver la prouesse :

— Comment as-tu fait pour repérer ça pendant que tu conduisais ?

— On ne peut pas dire que notre discussion soit suffisamment passionnante pour me rendre moins attentif !

Je fulmine, mais reste concentré, et attrape le tissu accroché aux branches piquantes. Le textile ressemble fortement à la robe boueuse que porte la fillette. Il faudra comparer, bien sûr, mais cela pourrait être un indice de sa présence par ici.

— Cela permettra de faire taire les mauvaises langues au village qui prétendent que la fillette est une changeling venue d'un autre monde !

Liam secoue la tête avec désapprobation :

— Les yeux de la gamine ont de quoi inquiéter n'importe qui... Et puis, il est facile pour toi de rejeter les superstitions en vivant chez les Anglais, mais tu ne peux pas dénigrer les croyances des gens qui n'ont pas reçu la même éducation que toi, Jack.

Je rougis sous la remarque et rétorque :

— Si je me souviens bien, tu es celui qui se moquait de moi à l'époque où je parlais de créatures celtes avec Deirdre. Tu me traitais de menteur, si je ne m'abuse.

Une pointe d'amertume remonte dans ma trachée alors que je réponds à mon frère. Je connais pertinemment son scepticisme sur l'existence des êtres invisibles, il m'a bien trop souvent montré du doigt quant à l'unique souvenir qu'il me reste sur la mort de notre frère. J'ai toujours été celui qui conservait un pied dans la tradition celte, fasciné par les histoires de fées et autres créatures qui peuplent cette croyance, et Liam, lui, m'en a toujours voulu de cette « faiblesse » comme il appelait ça.

Je trouve déplacé aujourd'hui qu'il se permette ce genre de remarques. Encore un exemple flagrant de l'animosité qui existe entre nous. Même lorsque nous partageons le même point de vue, Liam ne peut s'empêcher de me rabaisser.

Il s'approche alors de moi et m'arrache des mains le tissu gris pour le fourrer dans sa poche.

— Nous n'avons pas de temps à perdre avec ça ! On reprend la route jusqu'à Tuam, si le vêtement arraché est bien celui de la gamine, alors le couvent est un bon endroit pour pêcher des informations.

Il remonte aussitôt dans la voiture et redémarre le moteur sans attendre que je sois installé. Il serait capable de repartir sans moi si je ne me dépêche pas !

À l'instant où on redémarre, je remarque une silhouette un peu plus loin, tournée vers nous. Une carrure massive postée à la lisière de la forêt à quelques pas de la route. Lorsque la berline repart à vive allure, la silhouette semble s'évanouir dans la forêt en direction de la ville de Tuam où nous nous rendons.

La pensée de cette silhouette immense et imposante m'interpelle l'espace de quelques secondes, je vais même en parler à mon frère, mais je distingue le visage fermé de Liam et comprends sans peine qu'il ne vaut mieux pas. D'ailleurs, la silhouette est sûrement celle d'un promeneur venu voir d'où provenait le bruit saisissant de freinage lorsque la voiture a dérapé ! Nous ne sommes plus très loin du couvent maintenant et à mesure que nous nous rapprochons, une certaine appréhension naît dans mon cœur, une inquiétude peut-être, mais j'ai du mal à en comprendre la source. L'air de rien, je m'interroge sur cette fillette perdue. Mon premier instinct a été aussitôt de lui venir en aide, surtout en découvrant les habitants du village, que je connais pour certains depuis des années, devenir si agressifs envers elle. Maintenant que l'effervescence est passée, je ne peux taire mon trouble.

Le mot « *changeling* », craché par la doyenne, résonne encore à mes oreilles. Dans notre folklore, un *changeling* serait un leurre laissé par le peuple des fées à la place d'un nouveau-né humain. Une apparence quasi humaine pour tromper les parents et substituer leur propre enfant. Ainsi, en traitant la fillette de *changeling*, le village considère l'enfant comme une créature qui ne mériterait pas notre aide.

Son regard... oui, lorsqu'elle a levé ses yeux vers moi, son regard m'a ébranlé dans les fondements de mon être, me rappelant à de lointains souvenirs, à un mystère que je désire percer, mais surtout à une peur...

Je pourrais blâmer ma grand-mère et les nombreuses histoires qu'elle nous racontait, mais cette fois c'est à moi que j'en veux. Ma propre superstition m'effraie soudain et me pousse à redoubler d'efforts pour trouver la vérité. Je dois aider la fillette, voilà le serment que je marmonne lorsque la berline se gare enfin devant la grande bâtisse en pierre.

V

15 H 30

Le village de Tuam reste de petite taille en comparaison de Galway, et le bâtiment immense qui nous fait face domine tous les autres par sa hauteur. De belles pierres ambrées s'emboitent dans des joints couleur sable blanc pour se dresser avec austérité, mais c'est surtout l'allure solennelle des bonnes sœurs dans la cour du couvent qui m'interpelle. Cette ambiance monacale me déplait beaucoup, je ne trouve aucune sérénité là-dedans, juste un vide permettant à mes angoisses de trouver écho. Pourtant, j'affiche mon sourire le plus jovial lorsque nous entrons.

Nous sommes aussitôt accueillis par la mère supérieure qui s'approche avec raideur. Presque aussi grande que Liam, cette femme domine autant que la bâtisse qu'elle dirige, par sa grande taille, bien sûr, mais surtout par sa prestance. D'une voix grave et hautaine, elle nous salue et se présente.

— Je suis la mère supérieure, Constance McCauley… et vous êtes ?

Aucun sourire n'égaye ce visage sévère, et elle semble même ennuyée par notre présence. Mon frère de son côté n'est pas non plus à son aise, lui comme moi, n'apprécions que très peu les ordres religieux et en particulier celui de l'Église catholique. Pourtant, il prend très à cœur son devoir, commandité par notre père, et fait de son mieux pour paraître affable.

— Bonjour et désolé de faire irruption ainsi sans avoir été invité. Mon frère et moi habitons près de Galway et notre père, le docteur Colin Donegan, nous a chargés de venir vous voir.

Un rictus de dédain s'affiche sur le coin de ses lèvres, puis la mère Constance McCauley répond :

— Je vois, venez avec moi, nous serons plus à l'aise dans mon bureau.

Nous traversons donc la cour sous la direction de cette femme. Le couvent est immense, cerné d'un grand parc et je remarque au fond un chêne colossal, qu'un jardinier habille de rosiers près de ses racines. Puis, nous pénétrons dans le pavillon. L'humidité s'est avec le temps installée dans les vieilles pierres de l'édifice et, m'y engouffrant, je ne peux m'empêcher de frissonner. Entre les courants d'air qui soufflent des complaintes lancinantes et le clapotis des gouttes d'eau qui dégoulinent sous le mortier, l'atmosphère, à mes yeux, est des plus lugubres.

Nous longeons d'interminables coursives faiblement éclairées durant de longues minutes, avant d'arriver enfin dans une partie plus moderne du bâtiment et surtout chauffée. Nous entrons alors dans une pièce à l'agencement très sobre, où un mur entier est rempli de dossiers rangés sur des étagères et où au centre un simple bureau et deux chaises servent de mobilier. La mère Constance McCauley prend place près du bureau, suivie par Liam, quant à moi, je reste debout.

— Je vous écoute, messieurs, sachez toutefois que je n'ai pas beaucoup de temps à vous consacrer, j'ai certaines obligations qui m'attendent.

Liam sourit et acquiesce :

— Je comprends parfaitement et nous essaierons de faire court. Il y a quelques heures, une enfant a été retrouvée dans notre village, errante, avec une unique tunique grise sur le dos et sans chaussures. Elle semble avoir marché pendant plusieurs heures et nous ignorons d'où elle vient. Notre père espérait que nous trouverions ici de possibles informations…

La mère supérieure ne lui laisse pas le temps de finir son explication et rétorque avec véhémence :

— Pensez-vous vraiment que nous laissons nos quelques résidents vagabonder en toute impunité et face à toutes les tentations dangereuses ?! Nous sommes un établissement irréprochable, appuyé par le comté de Galway, sachez-le !

Agacé par la tournure de la discussion, j'interviens :

— Sans parler de vos résidents, nous voulons juste savoir si vous connaissez cette fillette ou si vous en avez entendu parler.

Mon frère en profite pour approfondir la question.

— Le couvent du Bon Secours est réputé pour accueillir des femmes et des enfants dans le besoin, il a semblé logique à notre père de vous parler de notre rencontre.

Après un certain temps, Constance McCauley semble enfin s'adoucir. Elle sourit, dans une expression un peu stricte, et reprend :

— Bien sûr, bien sûr, si nous pouvons être utiles pour aider une pauvre âme, nous ferons notre devoir. Et comment est cette enfant ?

— Elle doit avoir à peine cinq ans, des cheveux bouclés et roux qui lui tombent jusque dans le dos et, comme nous l'évoquions, elle porte une robe grise de pauvre confection. Surtout, elle a des yeux, disons… étranges…

J'assène un coup de coude dans les côtes de mon frère après sa dernière remarque.

— Elle a juste un regard singulier, voilà tout ! je réponds avec brusquerie.

Cela surprend la mère supérieure qui demande plus de détails avec curiosité. J'explique donc avec concision :

— Elle a un œil vert, l'autre marron avec la pupille un peu dilatée, c'est atypique, mais…

— Atypique ?! Mais mon cher, cela ressemble surtout à l'œuvre du mal !

Sa réponse ne m'étonne même pas. D'ailleurs, c'est la différence de la fillette qui l'a isolée à son arrivée au village. Autrement, les habitants se seraient précipités pour lui venir en aide, mais voilà, son regard les a effrayés, ils y ont vu une anomalie et donc une preuve de mauvais augure.

L'Irlande est un endroit incroyable où règne une grande diversité de mythes et légendes. Malgré l'intrusion de la religion catholique, mon pays a su garder ses traditions celtes et il est assez naturel de croire dans le peuple des fées qui sont traitées avec respect. Pourtant, personne n'oublie la nature ambigüe et véhémente de ces créatures, avec elles une blague peut avoir une fin bien tragique. Si on questionne les habitants de mon village, chacun aura son anecdote à raconter à propos d'une rencontre, soit merveilleuse, soit horrifique.

Moi-même, je me souviens…

Aujourd'hui, la religion catholique et les mythes celtes ont fusionné pour créer une croyance unique en son genre. Hélas, demeurent les superstitions et tout ce qui s'écarte de l'habitude devient une source de méfiance.

J'ai découvert de bien terribles affaires en lisant mes livres d'histoire dans mon école privée à Londres. Encore, au début du siècle, il n'était pas rare d'entendre dans un bourg une famille crier « *changeling* ! », persuadée que son enfant avait été échangé. Chaque fois qu'un bébé naissait avec une difformité, il était rejeté… voire pire.

Oui, voilà où peut parfois nous mener la foi aveugle lorsqu'elle est dirigée par la peur. Et c'est justement ma crainte pour la fillette.

Une crainte qui prend racine dans ce que j'ai moi-même ressenti lorsqu'elle m'a regardé. Moi aussi j'ai eu un sursaut d'inquiétude et ma culpabilité écrase mon thorax depuis. Alors, lorsque cette femme parle de l'œuvre du mal, lorsque le village réclame en scandant en cœur le départ de la fillette, ma colère se réveille et je comprends, face à la mère supérieure, que cette colère n'est pas tant tournée vers eux qu'elle ne l'est vers moi.

Je préfère donc laisser mon frère poursuivre le dialogue où il explique la panique qu'a créée l'apparition de l'enfant. De mon côté, je focalise mon esprit pour scruter la pièce où nous nous trouvons.

Ma curiosité me donne envie d'aller rejoindre les dossiers étalés sur un pan entier de mur pour lire ce qu'ils contiennent, mais il y a peu de chance pour que cela soit bien vu par Constance McCauley. Je réfrène donc mon désir et laisse mon regard poursuivre son investigation. Sur le mur où se situe la porte d'entrée, dos à nous lorsque nous sommes entrés, et que je n'avais donc pas remarqué, se trouvent accrochés bon nombre de dessins d'enfants. Je m'approche et observe avec surprise les illustrations d'un style naïf et coloré. Les personnages croqués sont souvent simplifiés par une unique ligne bâton pour représenter le corps, mais je repère certaines œuvres plus abouties que d'autres et qui fourmillent de détails. Le plus étonnant, de mon point de vue, demeure le motif répété sur chacun des dessins, il n'y a aucun adulte dessus, juste des enfants et un grand arbre qui se dresse et domine la feuille.

Je m'approche encore davantage, attiré par cet enchevêtrement de lignes et de courbes colorées, lorsque la mère supérieure m'interpelle :

— Vous admirez les œuvres de nos plus jeunes résidents. Nous mettons à leur disposition un système éducatif fondé sur l'esprit de communauté et le travail bien fait pour acquérir des compétences utiles à la société. Le dessin est l'une de ces expressions où ils peuvent épancher leur reconnaissance.

Je me tourne de nouveau vers le bureau, où Liam et la religieuse sont debout face à moi.

— Passionnant ! je réplique, en tâchant d'avaler mon ton de sarcasme.

Mais Constance McCauley ne semble pas s'en apercevoir.

— Je disais justement à votre frère que nous serions ravis d'accueillir l'enfant errante. Elle sera à sa place auprès de nous, le temps de trouver d'où elle vient…

C'est étrange, mais lorsqu'elle prononce ces mots, je crois voir un sourire carnassier s'esquisser sur ses lèvres pincées. L'image s'efface très vite et laisse place au visage toujours rigide de la religieuse. Est-ce mon préjugé contre la doctrine monothéiste qui s'impose à moi ? Je me promets néanmoins de me renseigner sur cette mère supérieure en rentrant au village.

Liam répond aussitôt en se levant :

— C'est aimable à vous de le proposer, mais notre père souhaite d'abord poursuivre ses soins, la gamine a de multiples plaies et semblait en piteux état. Nous vous tiendrons au courant de la suite.

La religieuse tente de rappeler les désagréments que pourrait causer la présence de l'enfant au regard étrange au village, mais Liam se montre inflexible, la santé de l'enfant est plus importante que les superstitions des habitants. Face à la détermination de mon frère, je souris, me sentant un peu plus proche de lui. Certes, nous ne nous entendons pas, mais un profond respect nous lie toujours l'un à l'autre.

VI

18 H

Un grondement sourd se répand tout autour de moi. Cerné par cette terrible cacophonie, ne faut-il pas fuir ?

L'éclat des bombardements retentit, laissant la terre se soulever à chaque salve et des lumières éclairer cette nuit sans lune. Devant moi, deux silhouettes enfantines bravent la peur des assauts. Je peux sentir leur cœur tambouriner dans leur poitrine, leur salive glisser avec difficulté dans leur gorge nouée ; je suis comme eux, je suis eux…

Puis les garçons, des jumeaux, main dans la main, me font face. Je les appelle et comme un miroir ils me répondent.

— Attention ! je crie pour les mettre en garde.
— Attention ! répondent-ils en écho.

Derrière eux, une brume blanchâtre s'approche et, sous moi, une cavité s'ouvre.

Je sens alors mon sang cogner contre mes tempes, mais je ne peux m'extirper de cette prison, car c'est au plus profond du sol, sous un monticule d'herbe, que mon corps est happé.

Sans défense, je croule sous un amas de terre imbibé d'eau, d'argile et de végétation. Mon visage s'immerge d'ailleurs dans une flaque, j'aimerais me relever, mais je suis maintenu à terre, forcé de poursuivre cette glissade interminable. Ma peau racle contre la roche, je me sens oppressé dans ces tunnels étroits et j'ignore ma destination. Je suis contraint de suivre cette puissance invisible.

Soudain, tout s'arrête. Le silence a remplacé le fracas de l'orage. Emporté par la puissance de l'eau, je jaillis de terre, enfin libre.

Sous les collines et les tertres d'Irlande, j'ai voyagé au-delà des voiles du monde pour me retrouver au Sidh[5] dans la résidence même des Tuatha Dé Danann[6]. Aussitôt accueilli par une silhouette cachée sous un linceul blanc, la marque du deuil. Elle ne prononce aucun mot, mais ses gémissements embaument la mort. Je la reconnais... la Banshee[7].

J'ai peur. Je veux fuir pour ne jamais plus revenir, mais contraint par cette force mystérieuse, je reste figé.

La silhouette se rapproche, elle pose ses mains décharnées sur mon visage horrifié. Au loin, des murmures me parviennent, trop éloignés, je préfère les ignorer.

Basculant vers la magie de mes ancêtres, j'accepte de n'être qu'un spectateur et j'observe les deux enfants présents qui accompagnent le spectre. Mon reflet, si jeune, reste à mes côtés, tandis que le jumeau poursuit son chemin avec la créature. Mon reflet renifle, laissant les larmes inonder ses joues, alors que le second s'éloigne.

Je ne souhaite pas me taire plus longtemps et j'interpelle celui qui part dans les bras du spectre. Il se retourne et croise mon regard ; une prunelle verte, une autre, marron, me font face.

Je découvre la vérité dans mes souvenirs, le coupable est si proche...

---

[5]Le Sidh désigne l'Autre Monde dans la mythologie celtique.

[6] Les Tuatha Dé Danann sont les dieux dans la mythologie celtique irlandaise.

[7]La Banshee, ou femme du Sidh, est une créature féminine considérée comme une messagère de l'Autre Monde (créature évoquée dans le tome 1 !).

※

— Jack ?

Je sens une douce pression sur mon bras, accompagnée par une voix chantante :

— Jack, tu fais un cauchemar, réveille-toi !

Malgré mon agitation, j'ouvre les paupières et découvre à mes côtés Aylin qui me dévisage, préoccupée :

— Une minute que tu gesticules en gémissant, ça m'inquiétait ! Tu vas mieux ?

Encore un peu étourdi, je jette un œil autour de moi. Le salon est vide, seule ma sœur demeure à dessiner :

— J'ai dormi longtemps ? Où est tout le monde ?

— Je t'interrogeais sur la petite fille et sur ta visite au couvent. Tu as voulu fermer un peu les yeux, ça fait tout juste dix minutes, je pense. Deirdre, mère et Liam sont partis parler au conseil du village. On se demande bien d'où elle vient cette fillette ?

Je réponds sans entrain, la tête toujours dans ce rêve intense :

— Si elle refuse de parler, on n'en apprendra pas plus !

— Tu n'es pas curieux ? Une enfant de son âge, que personne n'a jamais vu au village qui se retrouve à errer à peine habillée... j'espère qu'il ne lui est rien arrivé d'horrible !

Le visage de ma sœur blanchit en imaginant sûrement ce que la fillette a pu vivre pour en arriver là. Je tente de temporiser ses questionnements :

— Il ne sert à rien de faire des hypothèses, attendons déjà d'entendre ce que notre père a à dire après son examen.

L'enfant et les troubles qu'elle a pu endurer m'inquiètent, mais pour l'heure, ce rêve a éveillé mon obsession. Cette faute qui désagrège mon esprit comme l'érosion dégrade la falaise. Et tandis que ma sœur monologue sur l'histoire potentielle de la fillette, je ramène mon esprit dans ce songe étrange que je viens de faire. La sensation d'avoir trouvé une réponse reste palpable, mais plus je tente de sonder mes souvenirs, moins je parviens à la retrouver et, petit à petit, le rêve m'échappe.

Sans un mot à ma sœur, qui me dévisage incrédule, je me lève et pars en direction du bureau de mon père, en attrapant au passage une bouteille et deux verres. Il est temps d'affronter mes tourments. J'entre avec précaution dans la pièce et trouve mon père qui range son matériel. Me découvrant sur le pas de la porte, il m'intime de me taire d'un signe du doigt et me montre de son autre main la fillette endormie. Je le suis vers la porte arrière et nous profitons de cette fin d'après-midi où le vent s'est enfin levé.

— Alors, comment va-t-elle ? je demande pour gagner du temps.

Dans un soupir, il répond :

— Pour l'instant, elle se repose. Je n'ai pas eu beaucoup de succès pour la faire parler. Elle est restée calme, mais elle n'a répondu à aucune de mes questions. De toute façon, elle est trop faible. Ta mère lui a préparé un potage, elle l'a englouti et maintenant elle dort. Je ne veux pas trop la brusquer, c'est d'ailleurs pour ça que j'ai éloigné ta grand-mère et Liam.

J'acquiesce, Liam n'est pas réputé pour sa subtilité et Deirdre semble dévorée par les a priori.

— Tant mieux et j'espère que le village saura se tenir. C'était déplorable ce midi.

Il reprend d'une voix sereine :

— Liam m'a raconté. Il ne faut pas leur en vouloir, Jack, les superstitions sont ancrées dans leurs mœurs depuis des générations ! En tout cas je suis rassuré, la petite n'a pas d'infection, j'attends de voir comment vont cicatriser ses pieds. Une partie de l'épiderme a fondu, elle a dû marcher très longtemps...

Je tiens toujours à la main la bouteille de whisky attrapée sur le comptoir et je tends à mon père un verre que je viens de remplir.

— Jones Road whisky, ça te fera du bien après tout ça.

Nous trinquons sans joie, juste avec la conviction d'agir. Je laisse le spiritueux glisser contre les parois de mon œsophage. Le liquide réchauffe mon ventre, apportant courage et ardeur à ma quête. Je tente ensuite d'amorcer :

— Pourquoi t'es-tu engagé durant la Grande Guerre ? L'Irlande n'approuvait pas cette guerre, puisqu'il s'agissait de l'engagement de l'Angleterre avec qui nous étions déjà en conflit.

Mon père me lance un regard suspicieux, il faut dire que ma question n'est pas posée aussi subtilement que je l'avais escompté !

— En 1914, l'engagement de notre pays était complet, Jack ! Mais il est vrai que lorsqu'on est partis en France, l'opinion publique s'était modifiée. Disons qu'en tant que médecin, je me sens responsable, je ne peux laisser un conflit tuer des gens, soldats, civils et ne rien faire. J'ai les compétences pour aider, tu comprends ?

Il poursuit en dardant ses yeux doux, mais intenses sur moi :

— Pourquoi cette question ?

Nerveux, je commence à faire quelques pas et tourner en rond :

— Aucune famille, à ma connaissance, n'a rejoint les hommes en France pendant qu'ils étaient au front...

Cette fois mon père ne répond pas. Il avale une longue gorgée du whisky puis réplique :

— C'était il y a longtemps, ça n'a plus d'importance aujourd'hui.

Colin Donegan n'est pas un homme qui se dérobe, pourtant, à cet instant, il fuit mon regard et tente de changer de discussion.

— Tu entends ? Ta grand-mère et ton frère ont dû revenir de l'assemblée, allons écouter ce qu'ils ont à dire !

Je demeure interdit, regardant mon père rentrer. Je n'ai même pas eu le temps d'évoquer mon frère Lewis, chaque fois que j'amorce une conversation sur notre séjour en France, mes parents trouvent le moyen d'éviter la suite du dialogue. Comment suis-je supposé réagir en de telles circonstances ? Nous vivons tous le deuil de mon frère, pourtant nous n'en parlons jamais, comme un étrange tabou.

La colère, que je m'interdisais depuis des jours, grossit encore davantage. Je peux la sentir resserrer la trachée de ma gorge et maintenir sa pression sur mon estomac. Je lève mon verre au-dessus de ma figure, prêt à le jeter contre le mur, lorsque j'entends remuer à l'intérieur. J'apaise ma respiration, et passe ma tête dans l'embrasure de la porte pour découvrir la fillette, les yeux toujours fermés, mais le visage inondé de larmes.

Aussitôt ma fureur disparait.

J'arrive à ses côtés, attrape sa main bandée et lui murmure à l'oreille. Elle ne se réveille pas, mais le son de ma voix semble l'apaiser. Je baisse ensuite mon regard et remarque un pli étrange sur sa robe. J'examine le tissu et repère une poche où se cache une feuille pliée en quatre. J'attrape le papier, dessus se trouve le dessin naïf d'une fillette à l'épaisse chevelure rousse tenant la main d'un autre enfant.

VII

18 H45

Sur l'instant, je reste interdit devant ce dessin. J'ignore ce qui m'émeut autant, l'innocence qui en découle, ou les mains jointes des deux enfants ? Je revois alors mon rêve, celui des jumeaux, main dans la main sur le chemin, et de leur rencontre avec la créature horrifique.

La fin de journée colore le ciel d'une jolie teinte chaude. Le soleil est loin d'être couché, mais l'ambiance semble changer, comme si les horaires tardifs laissaient la place au folklore qui prend vie. Et ce dessin, justement, représente cela ! Une forêt luxuriante où voltigent de minuscules billes lumineuses comparables à des petites fées, une douce lumière rosée caressant les silhouettes crayonnées avec simplicité des deux enfants. Une illustration naïve aux contours saccadés dus au jeune âge de l'artiste, mais l'œuvre demeure pleine d'émotion et de tendresse. Je souris donc en regardant cette image, lorsque je me sens observé.

Je ne redresse pas la tête aussitôt et laisse mon regard se tourner au coin de mes yeux. Je ne voudrais pas l'effrayer par des gestes trop brusques !

Je demande alors d'une voix posée :

— Je sais bien que tu ne dors plus et que tu m'observes !

J'entends remuer et je me tourne vers la fillette avant de reprendre en lui tirant la langue avec malice :

— Pourquoi tu me dévisages, j'ai de la suie sur le bout du nez ?!

Elle glousse avec une joie retenue, en gardant ses yeux, si uniques, rivés sur moi. Je profite alors de son attention pour poursuivre en lui montrant le papier griffonné :

— C'est toi qui l'as dessiné ? Il est vraiment joli. Ma sœur aussi, comme toi, elle est douée pour la peinture et l'illustration. De mon côté, je n'ai aucun talent pour ça et surtout aucune patience ! Je serais incapable d'esquisser le moindre personnage. Mais j'écris.

La fillette sourit et le rouge lui colore les joues. Pourtant, elle garde toujours la bouche fermée sans rien dire.

— Il est riche en détails ton dessin, le personnage ici (je pointe du doigt la silhouette aux longs cheveux roux gribouillés avec hâte), il te ressemble beaucoup. C'est toi ? Et celui à côté, qui est-ce, un ami ?

C'est une nouveauté pour moi, celle de communiquer avec un enfant. Je suis surtout seul à parler, mais sentir son intérêt grandir au fur et à mesure de mon monologue, remarquer ses lèvres qui bougent dans le vide comme si elle voulait à son tour répondre, bref, apprivoiser cette frimousse constellée de taches de rousseur me remplit d'une certaine fierté. Son regard original, son dessin si vif, l'espace de quelques secondes, le poids dans ma poitrine m'a déserté. Je n'ai pas oublié et je désire toujours connaître la vérité sur mon frère, mais la culpabilité et l'aigreur ont fondu pour laisser place à la curiosité.

— Au fait, moi c'est Jack, et toi ? je lui demande encore.

Sa bouche s'ouvre alors, elle va me répondre cette fois ! Hélas, c'est le moment choisi par ma famille pour entrer dans le bureau. La fillette se recroqueville sur le canapé cherchant presque à disparaitre.

— Liam peut la porter jusque chez moi, ma position assure ma responsabilité auprès du village, et ça me laissera l'occasion de pratiquer un peu de *lecture* pour comprendre d'où elle vient !

Deirdre se positionne au pied du canapé en s'adressant à mon père et à Liam qui l'accompagnent. Sa « lecture », comme elle l'appelle, reste l'une de ses spécialités. Le rôle du Vate se retrouve dans les domaines de la divination et de la médecine. D'ailleurs, j'ai toujours pensé que c'était la raison qui avait poussé mon père à devenir médecin. Grandir en compagnie de ma grand-mère, de ses herbes, mixtures, et la voir aider la communauté lui a donné envie de faire de même, mais dans un registre plus proche de sa personnalité cartésienne. Mon père n'étant pas un fervent croyant des anciennes pratiques !

Ma grand-mère cherche donc à dénicher la vérité sur la fillette. Plutôt que de créer un lien de confiance, elle choisit de s'en remettre à sa foi. Je ne suis pas vraiment surpris d'ailleurs, Deirdre est une femme incroyable et passionnée par sa communauté, mais elle reste étroite d'esprit pour ce qui concerne le monde extérieur et les différences. Le regard sévère qu'elle pose sur l'enfant après son commentaire valide d'ailleurs mon impression : sa suspicion est palpable.

Une pression me rappelle à l'ordre et je remarque les doigts serrés de la fillette, accrochés à ma chemise. Elle n'a pas besoin de parler pour que nous comprenions son geste. Mon père pose une main sur l'épaule de Deirdre, puis la dépasse et apporte un nouveau bouillon à l'enfant.

— Pas sûr que ça soit la meilleure idée, elle est encore faible. Et puis, je crois qu'elle se plait ici !

Sans se laisser décontenancer, ma grand-mère rétorque :

— Je ne pense pas que tu te rendes compte, Colin, du devoir qui nous incombe. Elle doit être soignée, oui, mais aussi surveillée ! Le conseil veut qu'on la garde le temps de comprendre qui elle est. Il est plus prudent qu'elle soit chez moi, là où il n'y a personne d'autre qui puisse être en danger. Tu es d'accord avec moi, Liam ?

Elle tourne alors sa tête vers mon frère aîné qui se contente de hausser les épaules.

Les bonnes intentions de ma grand-mère sont visibles. Elle cherche à protéger sa famille d'une menace, mais, ne jugeant pas la fillette comme un risque, je trouve son explication déplacée. Surtout face à l'enfant qui, certes, est jeune, mais comprend tout de même ce qui se dit devant elle ! J'amorce une réponse pour temporiser et chercher à alléger l'atmosphère, mais c'est finalement Liam qui intervient en premier, un sourire moqueur dessiné sur ses lèvres :

— Jack ne risque rien, c'est pour la gamine qu'il faut s'inquiéter ! Avec ses histoires, il va l'ennuyer à mort, la pauvre !

Je reste interdit face à sa remarque, partagé entre l'agacement et l'amusement. Malgré nos différends, il est agréable de voir que mon frère et moi partageons des valeurs communes. Ce matin, nous avons protégé ensemble l'enfant face au village, puis cherché des informations la concernant. Ce soir, c'est ensemble à nouveau que nous faisons face à ma grand-mère et ses préjugés.

Après quelques minutes où mon père, Liam et moi argumentons pour pousser Deirdre à accepter de laisser la fillette ici, ils finissent tous par sortir. La pression sur ma manche se détend enfin et la silhouette rousse me fixe du regard. Je lui demande avec tout le sérieux dont je suis capable :

— Tu veux que je te raconte une histoire, ou tu as trop peur que je t'ennuie ?!

Pour toute réponse, la fillette hoche la tête en gloussant. Ravi, je racle ma gorge et prends une voix plus profonde de conteur :

— Il était une fois, une petite fille aux cheveux roux comme un coucher de soleil. Ses parents s'étonnaient de la voir toujours jouer seule, sans s'occuper des autres enfants courant sur la plage, mais ce qu'ils ignoraient, c'était que la fillette avait un ami bien particulier : un ami imaginaire ! Il demeurait invisible aux yeux des adultes, car les adultes, avec leurs esprits trop terre-à-terre, ne pouvaient pas percevoir une entité si fabuleuse. Ensemble, la fillette et son ami s'amusaient à des jeux fantastiques à la lisière de la réalité. Certains jours, ils devenaient des chevaliers courageux venus combattre les forces du mal, parfois, ils devenaient des pirates naviguant sur l'océan à la recherche d'un incroyable trésor… À ses côtés, la petite fille ne se sentait jamais seule et elle puisait sa force dans cette proximité. À ses côtés, elle savait qu'elle était capable de tout entreprendre et elle n'avait donc plus peur.

Durant mon histoire, je jette un œil à la fillette pour vérifier sa réaction. Redressée en position assise, elle attend la suite en fixant ses yeux écarquillés sur moi. Je suis ravi de constater son intérêt et je continue :

— Un jour, alors qu'elle se balade avec son ami en forêt pour l'une de leurs habituelles aventures, sur le chemin, elle rencontre un adulte. Cet homme la salue puis se tourne vers son ami et lui adresse un bonjour enjoué. Étonnée, la fillette découvre pour la première fois un adulte capable de voir son ami imaginaire ! Il lui explique alors qu'il suffit de garder son âme d'enfant pour être capable de le voir.

J'attrape le dessin, lui pose sur les genoux pour lui rendre et lui prouver d'une certaine manière qu'elle peut me faire confiance. Mon histoire n'est pas des plus subtiles, mais je veux lui montrer qu'elle n'est pas seule. Qu'elle soit capable de me parler ou pas, je désire avant tout qu'elle comprenne qu'elle peut communiquer d'une autre manière…

Ma bouche s'ouvre de nouveau pour poursuivre mon récit, mais j'entends un chuchotement comparable au miaulement d'un chat. Je tourne ma tête vers la fillette.

— Eire… je m'appelle Eire et lui, c'est mon frère.

TROISIÈME PARTIE

CE TROISIÈME JOUR APPORTE DOUCEUR AVANT L'EFFROI

SAMEDI 10 AOÛT 1929

I

10 H 30

Une grisaille persiste ce matin et d'épais cumulus survolent la ville. Une météo incertaine, alourdie par une chaleur estivale, promet un orage dans les prochaines heures. Pourtant, à l'instant où je me balade sur ce chemin au bord de mer, sous le cri des mouettes en longeant ces maisons colorées, je suis enfin heureux d'être rentré. Depuis presque une semaine que j'ai rejoint ma famille, c'est finalement la première fois que je me sens serein et libre. Je peux l'avouer, Galway est une ville qui m'a toujours apporté du réconfort dans mon enfance et, aujourd'hui, cet endroit demeure d'un grand soutien.

Située à l'embouchure du fleuve Corrib, la ville côtière respire l'histoire. L'architecture médiévale a survécu au temps et aux conflits, laissant des rues étroites et pavées, bordées de bâtiments en pierre. Chacune des façades anime le bourg de couleurs chatoyantes apportant une ambiance allègre et contraste avec l'eau plus sombre qui borde la ville. Le port, vers lequel je me dirige, reste le centre de l'activité. J'entends d'ailleurs le brouhaha des habitants qui résonne en écho au retour de la pêche matinale.

— Allons voir l'arrivage de poissons !

Ma sœur attrape mon poignet pour me faire accélérer la marche. Elle tient dans ses mains la liste écrite par notre mère. Puisque nous devions nous rendre au cabinet de notre père ce matin, nous en profitons pour faire un détour par le port et acheter des provisions !

Alors que nous arrivons sur les quais, je ne peux m'empêcher une grimace. Cette foule compacte et fourmillante sous ce tumulte étreint ma poitrine. Je suis pourtant habitué à la masse humaine lorsque je vis à la capitale, mais ici, elle s'accompagne de regards et de commentaires.

— Vite, par ici ! s'exclame Aylin.

Je laisse ma sœur me mener dans ce capharnaüm et concentre mon regard sur les chevaux qui remuent la tête pour chasser les mouches (une façon comme une autre d'éviter la panique de me submerger !). La côte ouest de l'Irlande brille par ses traditions et l'évolution industrielle semble prendre son temps pour s'implanter. Alors qu'en Angleterre, les rues sont submergées par les automobiles, les gens ici continuent de se déplacer à cheval et bon nombre de charrettes envahissent les trottoirs. De notre côté, ma sœur et moi avons préféré les vélos pour nous rendre ce matin en ville. Nous les avons laissés au centre du bourg près du cabinet de notre père le temps de nous balader.

Lorsqu'enfin la foule se dilate après la cohue, je respire de nouveau. Aylin se tourne vers moi en me demandant :

— Quelle heure est-il ? On a le temps de se balader encore un peu avant de récupérer Eire ?

— Il n'est pas encore onze heures. Où veux-tu aller ?

Un sourire espiègle me fait face et elle répond avec malice :

— Nulle part, mais ça nous laisse l'occasion de discuter un peu ! Deirdre n'était pas vraiment rassurée quand elle a appris que tu avais réussi à faire parler la petite et qu'elle t'avait donné son prénom.

— J'ai juste fait preuve de gentillesse et de compréhension, rien de bien sorcier ! Notre grand-mère devrait se détendre un peu concernant la gamine.

— Cette histoire reste étrange, Jack, personne dans les villages voisins n'a su dire qui elle était. Père a fait fonctionner son réseau et même Liam a cherché.

Un grognement s'échappe de mes lèvres et je réponds avec rudesse :

— Je n'ai pas une grande confiance dans les amis de notre frère ! Et puis, tu crois vraiment que les gens se vanteraient de la connaître, après ce qu'on a appris ?

Durant son examen approfondi, notre père était arrivé à la conclusion que la fillette portait des signes de maltraitance : d'anciennes blessures mal cicatrisées, des infections mal soignées et de manière trop récurrente. Les responsables n'iront pas crier son identité par crainte de poursuites à leur encontre.

En me donnant son prénom, la petite témoignait de sa confiance en moi. J'étais le seul avec qui elle osait parler, le seul qu'elle acceptait auprès d'elle. On se comprenait, Eire et moi, elle, à travers ses dessins, moi, avec mes histoires. D'une certaine manière, je me sentais investi d'un devoir, celui de l'aider au mieux et de la protéger. Alors, lorsque je pense à ce qu'elle a dû subir avant de venir chez nous, une rage féroce embrase mes muscles. Le poing serré sur mon torse se contracte en soubresauts désordonnés.

J'ai parfois du mal à canaliser cette colère, trop ancienne, trop ancrée au fond de mon cœur.

Aylin le remarque :

— Ça ne va pas, Jack ? demande-t-elle inquiète.

— Ce n'est rien, juste de la frustration concernant Eire, je n'arrive pas à imaginer qu'on puisse vouloir faire du mal à une enfant innocente.

Elle fronce les sourcils, conservant ses yeux verts sur moi. Ma sœur est à peine âgée de quinze ans, pourtant son regard semble lire mes pensées. Tant d'empathie à l'intérieur d'une fille si menue et ingénue, je regrette parfois qu'elle comprenne si bien le tumulte émotionnel des gens. Elle est la dernière personne sur laquelle je voudrais faire peser le poids de mes incertitudes. Sans en démordre, elle poursuit :

— Ton agitation se ressentait déjà avant l'arrivée d'Eire. Depuis ton séjour à Ashford, tu te montres irascible et impatient. J'ai lu ton article où tu évoques les évènements survenus au manoir : assister à ces apparitions étranges et fantasmagoriques, puis avoir été drogué, cela a dû être compliqué…

— Pas tant que ça, Aylin, cette histoire était des plus exaltantes ! Chasser les monstres, débusquer la vérité au milieu des secrets et faux-semblants. J'ai eu la sensation de trouver enfin ma voie, de comprendre ma vocation loin des obligations familiales.

Je baisse ensuite la voix avant de reprendre :

— Mais oui, Ashford a été un point culminant. Là-bas, j'ai fait des rencontres qui me hantent depuis.

— Cette Heather Harvest dont tu parlais dans tes lettres ?

J'acquiesce et poursuis :

— Heather et la Banshee… les raisons de la mascarade qui a été mise en place m'ont bouleversé…

Pendant un instant, je ressasse avec amertume les moments passés avec la fille cadette des Harvest, il y a quelques semaines. « J'avais à peine quatre ans, mais je me souviens », « je devais comprendre »… Elle avait clamé ces paroles lors de ma mise en scène pour trouver les coupables de l'apparition qui hantait le parc. Mon stratagème avait fonctionné encore mieux qu'escompté. La jeune femme avait alors dévoilé certains souvenirs, des réminiscences incomplètes et fragmentées par le temps qui l'obnubilaient. Je comprenais son état d'esprit.

— Pour être honnête, Aylin, je suis un peu jaloux de la capacité de Heather à dénicher la vérité !

Au fond de moi, je m'interroge, qu'est-ce que je crains en fin de compte ? Pourquoi est-ce que je n'agis pas comme elle ? Peut-être que je manque de conviction.

— De ce que j'ai compris dans cette affaire, Jack, cette Heather s'est montrée assez cruelle avec les membres de sa famille. Elle les a manipulés avec irrévérence et insolence.

— Mais ça a payé ! je m'exclame avec hâte.

Aylin me dévisage sans répondre et je culpabilise soudain pour mon admiration. Les résultats de la jeune femme ont été au rendez-vous. Elle a cherché « le moyen de dépouiller les autres de leurs faux-semblants » et y est parvenue en créant un monstre. Mais dans la réalité, je ne suis pas prêt à de telles extrémités avec ma famille. À bien y réfléchir, il fallait un grand mépris envers les membres de son foyer pour mener un tel projet.

Je me tais alors, accaparé soudain par l'observation du tramway de « Galway and Salthill » qui glisse sur les rails. Chaque évènement se raconte d'une multitude de façons. D'ailleurs, un écrivain peut dévoiler son histoire selon différents points de vue. En fait, dans la fiction ou dans la réalité, il y a autant de vérités que de personnes pour la relater. C'est ce qui rend les conflits si difficiles à gérer. J'en ai été témoin au manoir d'Ashford, où la perception de chacun était biaisée par ses propres émotions. Voilà donc le nœud du problème, les émotions humaines et l'empreinte intemporelle qu'elles distillent dans nos souvenirs.

Je le sais... Nos souvenirs d'enfance ne sont que des reflets déformés de la réalité, des aberrations assujetties à nos préjugés. Alors, si l'on cherche à comprendre un fait, à déterminer l'authenticité de nos traumatismes, l'unique façon reste de s'entourer de gens prêts à remonter le cours du temps pour nous. Encore faut-il pouvoir en accepter les conséquences ! Car si je parle à ma sœur de ce qui se cache dans mon cœur, si je lui révèle cette culpabilité et mes doutes sur la mort de Lewis, notre frère, le poids sera partagé.

Après quelques secondes interminables de silence, je reprends d'une voix saccadée, presque essoufflée :

— Cela n'a pas une grande importance, tu sais. Désolé d'avoir eu une attitude maussade depuis mon retour, promis j'irai bientôt mieux ! Il faut juste que je prenne le courage de questionner nos parents sur certains sujets.

— Ce sujet est-il à l'origine de l'hostilité existante entre Liam et toi ?

Je soupire. La perspicacité d'Aylin me perturbe toujours ! Heureusement, l'horaire nous a rattrapés et il est temps d'aller chercher Eire. Ma sœur retient pourtant mon bras.

— Tu ne pourras pas fuir indéfiniment, Jack, et Eire ne devrait pas être ton excuse pour canaliser tes obsessions. Vouloir l'aider, c'est une noble tâche, mais plonger ton esprit dans un nouveau mystère pour éviter de te confronter à tes propres interrogations, cela ne me semble pas judicieux, simplement une preuve de lâcheté.

Que pourrais-je répondre ?

Alors, comme à mon habitude, je dédramatise la situation en lui tirant la langue. Lorsque nous étions enfants et que nous nous disputions, c'était le meilleur moyen pour rire et oublier nos querelles.

I I

11 H 15

Nos vélos filent sur les pavés, soulevant un nuage de poussière. Derrière moi sur le porte-bagage, j'entends un éclat de rire enfantin, si authentique que je me laisse moi-même emporter par l'euphorie. Alors je ris avec Eire et j'accélère l'allure sous le regard surpris et amusé de ma sœur. Nous avons récupéré Eire il y a quelques minutes et elle s'accroche fermement à ma chemise, égayée par la vitesse, tandis que je pédale pour rejoindre le village. Mon père était ravi par son examen, la fillette se remet et guérit. En l'espace de quelques jours avec nous, la voilà pleine de vie.

Sa candeur déteint sur moi d'ailleurs. Je me sens moins tourmenté à ses côtés. Je profite des jeux que j'invente pour la divertir et me replonge ainsi dans l'insouciance de l'enfance. Mais chaque fois que nous traversons le village, mon allégresse s'estompe.

Ce matin, Orla Sullivan, discute sur la place de l'église, non loin de notre maison. Sous prétexte d'être l'une des doyennes, elle aborde le hameau comme s'il lui appartenait, jaugeant tous les habitants de son regard sévère. Nous apercevant, elle nous interpelle :

— Aylin, Jack, venez près de nous, les enfants !

Sa voix nasillarde m'insupporte autant que sa façon de nous traiter. Je tente de faire la sourde oreille, mais ma sœur ralentit et répond au groupe. Je maudis sa gentillesse, mais fléchis sous son expression réprobatrice.

Le groupe rassemblé devant les marches de l'église doit tout juste sortir de la messe matinale, ils discutent d'ailleurs de son sermon avec le prêtre. Ce dernier est un homme aux cheveux grisonnants et affichant toujours un sourire aux lèvres, mais son expression n'a pourtant rien de joyeux ni d'authentique, c'est juste un masque de politesse gravé sur son visage.

À notre approche, je le vois tressaillir et s'agripper à son chapelet avec ferveur, le regard tourné vers Eire. D'ailleurs, il n'est pas le seul. Ma sœur salue chaque personne présente avec affabilité tandis que je reste en retrait, main dans la main avec Eire qui semble intimidée par les coups d'œil indiscrets des gens réunis. Certains se signent d'une croix à la poitrine, la mère Sullivan, elle, préfère cracher au sol avec dédain.

— Elle est encore là !

Un constat bien stupide à mon humble avis et j'amorce un pas en avant, prêt à lui répondre, mais ma sœur, encore une fois, me devance toujours avec sa diplomatie naturelle :

— Nous l'avons amenée à Galway, notre père désirait vérifier que son infection pulmonaire et ses plaies guérissaient bien. Jack et moi en avons profité pour faire quelques courses.

Elle montre notre panier rempli de provisions, puis ajoute avec allégresse :

— La balade à vélo nous a fait du bien, il faut dire que notre Jack n'a plus l'habitude des activités en plein air depuis qu'il vit à Londres, il faut bien le sortir un peu !

Pour appuyer son propos, ma sœur lance un clin d'œil et réussit même à faire sourire l'auditoire. Mais lorsqu'Eire glousse sous la plaisanterie, aussitôt les mines se renfrognent.

— Vous ne devriez pas prendre tout cela à la légère ! J'ai tenté de faire entendre raison à votre père, mais il reste trop borné pour comprendre ce qu'il va en coûter au village s'il poursuit dans cette voie. Je désespère de son manque de lucidité, ça n'est pourtant pas la première fois et il devrait se souvenir... apostrophe Orla Sullivan.

— Que voulez-vous dire ? j'interroge avec curiosité.

Mais le père Ryan poursuit :

— Vous devez comprendre notre crainte et convaincre votre père d'agir dans notre intérêt à tous. Cette enfant (il lance un regard rapide vers Eire, mais détourne aussitôt la tête, comme effrayé), cette enfant porte la marque du malin.

Les quelques fidèles rassemblés auprès du prêtre et de la doyenne se signent et prononcent quelques prières en gaélique. Les esprits, fantômes et fées en tous genres continuent de rythmer la vie dans le pays.

Ayant passé une partie de mon enfance en France puis mon adolescence en Angleterre, cet attrait pour le culte et la foi avait peu d'emprise sur moi. Les histoires que me racontait ma grand-mère n'étaient donc que ça, des contes incroyables. Certes, j'ai toujours attaché un intérêt particulier aux créatures peuplant l'univers celtique, gardant dans un coin de ma tête la possibilité d'une vérité dans ces récits fabuleux, mais jamais au point de laisser mes peurs prendre le dessus.

— Refuser l'aide à une enfant dans le besoin, est-ce une nouvelle approche de la religion catholique, père Ryan ? Et moi qui pensais qu'il fallait aider son prochain !

— Il ne s'agit pas d'aider une âme dans le besoin, Jack, votre famille héberge une *changeling* ! Ces créatures n'ont pas leur place chez nous, rétorque Orla.

Ma sœur tente de calmer les esprits en répondant :

— Voyons, nous ignorons beaucoup de choses au sujet d'Eire, mais nous ne devons pas imaginer le pire. Ce qu'elle a vécu doit nous pousser à la compassion et non à la méfiance...

Je n'écoute pas la suite, sentant soudain une légère pression sur la manche de ma chemise que je reconnais aussitôt. Je baisse la tête et Eire me regarde. D'une timide voix comparable au miaulement d'un chaton, et que personne d'autre n'entend, elle me demande :

— C'est quoi un *changeling* ?

Est-ce l'innocence de sa question qui me perturbe autant ? En une fraction de seconde, je sens monter une vague d'émotion et mes yeux s'embrument, je soupire. Sa main droite est toujours dans la mienne, sa main gauche tient encore ma manche et son regard se plonge dans le mien. Je me baisse donc à sa hauteur, observant ses yeux si singuliers, et réponds dans un murmure :

— Un *changeling* représente toutes les personnes qui sont uniques.

Que puis-je faire à part mentir ?!

Elle semble ravie de ma réponse et se désintéresse des grandes personnes amassées autour de nous. Elle préfère attraper une fleur qui pousse entre deux pavés et babille joyeusement.

Je me redresse pour entendre la mère Sullivan poursuivre sa diatribe contre la fillette. Alors, je ne peux m'empêcher de rire, non pas d'un rire ingénu comme lorsque nous pédalions avec Eire et ma sœur, mais d'un rire d'exaspération et de dégoût.

— Vos foutues superstitions ne sont qu'une excuse pour défendre votre peur ! Une peur grotesque, celle des choses et des gens différents de vous. Vous vous cachez derrière vos principes (je me tourne vers le prêtre) vos sermons (puis je fais face à Orla Sullivan) et votre supposée autorité, mais en réalité, vous êtes pire que des gamins effrayés !

Tandis que les gens amassés autour de nous s'offusquent de ma palabre, la doyenne affiche une expression carnassière en relevant la poitrine :

— Jack, le garçon instruit qui se croit plus malin que nous autres. Tu ignores pourtant le mal vivant au cœur de la forêt. Deirdre vous a initiés très tôt, toi, ta sœur et Liam, aux peuples invisibles, mais elle a oublié l'essentiel : ce qu'il en coûte aux humains de frayer avec ces créatures. Merveilles et horreurs sont bien semblables, Jack, ne l'oublie pas ! Mais après tout, ça semble avoir du sens que tu défendes à ce point cette supposée gamine, elle doit te rappeler une autre de ces créatures...

Cette fois, je le concède, je suis totalement pris au dépourvu. Son monologue me laisse comme un arrière-goût amer et je ne désire qu'une chose à cet instant précis, lui arracher la mine satisfaite qu'elle affiche. Qu'importe son âge avancé et le prétendu respect que je lui dois. Sa présence et son intolérance m'insupportent. Pourtant, je reste pantois durant son discours, comme hypnotisé, et ce n'est pas moi qui ose la couper.

— Orla, ça suffit !

Une voie familière, mais étonnante sous des accents d'autorité que je ne lui connaissais pas, intervient. Avec le temps, ma grand-mère a de plus en plus de mal à se déplacer, ses articulations n'ont plus la vigueur d'antan comme elle dit souvent, pourtant elle s'approche de nous à vive allure.

— Votre mère s'inquiétait de ne pas vous voir rentrer, elle vous attend pour finir la préparation du déjeuner, vous devriez y aller.

— Deirdre !

— Qu'y a-t-il, Orla ? Nous avons déjà longuement discuté ce matin, que pourrait-on encore ajouter ?!

La parole est prononcée sous le ton de la question par ma grand-mère, mais son regard affiche une raideur imposant la clôture de l'échange. Je remarque que la doyenne hésite, mais face à l'Ovate du village, même le prêtre s'est tu. Arborant un rictus mécontent, elle finit par courber le dos pour saluer ma grand-mère et s'éloigne, emportant avec elle le reste des villageois trop curieux.

Deirdre se tourne ensuite vers ma sœur et moi :

— Un homme est arrivé après votre départ pour Galway, c'est au sujet de la petite...

III

12 H

L'homme en question nous attend au salon, en compagnie de ma mère et ma grand-mère. Avachi dans le fauteuil, une cigarette à la bouche, l'homme prend ses aises. Il inhale son tabac avec empressement, laissant choir la cendre sur le sol. Au premier regard, je sens naître en moi une certaine antipathie. Est-ce dû à son expression de dégoût à peine camouflé ? À notre approche, Aylin, Eire et moi, il se lève et tend sa main pour me saluer. Il tente sans vergogne de me broyer les doigts, mais je reste stoïque malgré la douleur. Il sourit en tournant la tête vers la fenêtre :

— Une bien belle journée, n'est-ce pas ?!

Il n'attend pas de réponse et enchaîne aussitôt :

— Comme je l'indiquais à votre mère, je suis ici pour récupérer l'enfant.

Planté face à moi, l'homme me domine de sa haute taille. D'allure et de maintien militaires, il a les cheveux bruns coupés à ras et se tient bien droit en s'adressant à moi. J'ai presque la sensation qu'il bombe le torse comme pour montrer sa supériorité... ou peut-être suis-je trop agacé par son comportement et j'essaie de trouver des raisons pour le détester ! Je garde mon calme et mon sérieux, puis je demande d'une voix posée :

— C'est intéressant, mais peut-on savoir qui vous êtes ? Car comprenez-moi bien, je ne vais pas confier une fillette sous notre garde au premier venu !

Ébranlé par mon audace, je le vois légèrement vaciller et perdre de son assurance. Un grognement mécontent remonte de sa gorge, mais il conserve bonne figure et un sourire crispé.

— Je suis l'inspecteur Kavanagh. Mon service a été convoqué pour s'occuper d'une vagabonde, d'où ma présence aujourd'hui !

À l'instant où il évoque une « vagabonde », son regard se baisse vers Eire qui se tient à mes côtés. Cela ne dure que quelques secondes, un infime instant où j'aperçois sa répugnance couplée à une autre émotion que je peine à formuler. Une sorte de violence, qui agite ses mains d'une frénésie.

Le moment passe bien vite et l'homme, cet inspecteur Kavanagh, reprend une expression plus avenante. Mais l'ombre que j'ai perçue continue de planer autour de lui alors je me place devant la fillette par instinct. Ma famille a senti mon agitation : Aylin pose une main sur mon épaule, ma mère me lance un regard d'interrogation et Deirdre s'avance.

— Je suis ravie de constater que notre requête a été prise au sérieux, j'ai moi-même contacté le chef de la police de Galway hier ! Je commençais à croire que nous avions été oubliés, et le village s'impatiente.

En entendant ces paroles, je contracte ma mâchoire, vexé. Au contraire, l'inspecteur lance un immense sourire, enchanté de trouver chez ma grand-mère un véritable soutien.

— Je suis là pour ça, Madame !

Il ponctue sa réponse par une courbette grotesque et ma grand-mère avec une expression de malice reprend :

— Davis a pris son temps, mais avec ses responsabilités, je peux le comprendre, poursuit Deirdre. L'important reste d'avoir agi. Comment se passe la transition à son nouveau poste ?

— On ne peut mieux, vraiment.

Ma grand-mère continue de le fixer ce qui oblige l'inspecteur à donner plus de détails :

— Il fait un travail exemplaire depuis qu'il a repris la charge, on ne pouvait pas rêver mieux.

Il se racle ensuite la gorge et reprend :

— Puisque tout est convenu, je vais emmener l'enfant avec moi et vous serez enfin débarrassés de ce fardeau !

Il se tourne vers Eire et ajoute :

— Viens avec moi, on n'a pas de temps à perdre.

Mais ma grand-mère se penche en avant et intervient de nouveau :

— En effet, plus vite la gamine partira et plus vite le village retrouvera le calme ! Pourtant, inspecteur, je suis étonnée. Je connais très bien chaque agent de Galway, mon petit-fils, Liam, a eu trop souvent affaire à eux dans le passé, voyez-vous. Donc je connais chacun des agents, mais je ne me souviens pas de vous...

Le sourire de l'inspecteur s'efface alors de son visage.

— Je suis nouveau venu, fraîchement débarqué de Cork.

— Oh, cela explique l'accent ! s'exclame ma grand-mère.

L'air renfrogné, Kavanagh rétorque :

— Cela explique surtout que vous ne m'ayez jamais vu avant !

— Bien sûr, bien sûr !

Deirdre croise les bras sur sa poitrine et maintient son regard dans celui de l'homme. Il a beau être bien plus grand qu'elle, ma grand-mère garde sa position dans une attitude inébranlable :

— Cela peut également pardonner votre erreur. Davis est chef du service depuis bientôt vingt ans, il ne s'agit pas de nouvelles responsabilités ! Il est votre supérieur, celui qui vous a, normalement, embauché.

Malgré la chaleur à l'extérieur, l'ambiance se refroidit soudain.

La posture de l'homme change. Je remarque ses muscles se bander, son regard passe d'Eire, à moi et ma sœur devant elle, puis ses yeux se portent vers la sortie derrière ma mère et ma grand-mère. D'un geste délicat, je constate aussi que sa main se rapproche de son dos. Il avance d'un pas et se serre encore davantage vers nous.

Alors, je me tiens prêt, le corps tendu paré à toutes les éventualités.

Soudain, le cliquetis d'une serrure retentit. La porte d'entrée s'ouvre et mon frère, Liam, apparait sur le pas de la porte. Kavanagh et lui ont les épaules aussi larges l'un que l'autre. Avec amusement, je constate donc que l'arrivée de cette nouvelle personne à la carrure aussi musclée semble perturber le soi-disant inspecteur. Il s'agite, grogne à nouveau en pointant son doigt sur moi, puis vocifère avec amertume :

— Croyez-moi, vous le regretterez !

D'un pas souple, il s'élance ensuite vers la sortie, bouscule mon frère et s'évanouit à l'extérieur.

Nous restons un instant tous interdits par l'évènement et c'est Eire qui rompt le silence.

— Il voulait quoi, le monsieur ?

Je n'ai pas le temps de répondre. Liam qui a récupéré ses esprits s'est avancé dans le salon à notre rencontre et interroge avec rudesse :

— Il se passe quoi ici ! Jack, tu m'expliques, qu'as-tu fait ?!

Ma mère, encore sous le choc de l'intrusion de cet homme, répond aussitôt d'une voix légèrement tremblante :

— Cet homme est venu à la maison ce matin, prétendant être un inspecteur…

— Alors, il cherchait la gamine ? demande mon frère à nouveau. Pourquoi ne pas lui avoir laissée ? C'était prévu de confier l'enfant aux autorités. Cela aurait réglé notre problème !

Ma mère lui explique :

— De ce que je comprends, Deirdre, vous pensez qu'il mentait.

— Exactement, Mary. J'ignore qui il est, mais il ne travaille pas à Galway, pour sûr !

Le ton utilisé par mon frère ne montrait aucune antipathie, il ne faisait qu'émettre une question sans arrière-pensée ni colère, pourtant, je m'emporte, aussitôt énervé :

— Laisser un inconnu qui ment sur son identité emmener Eire ? Tu ne vas pas bien, non ! Qui sait ce que cet homme voulait faire d'elle. Cela aurait été parfaitement... inhumain !

Je peine à trouver mes mots dans mon empressement.

— Jack a raison, Liam, la petite doit rester en sécurité. Cet homme n'inspirait pas confiance, réplique ma mère.

Deirdre quant à elle reste plus pragmatique :

— Même si je souhaite que l'enfant disparaisse (elle me fixe du regard en disant cela), je n'aime pas qu'on me mente !

Avec mauvaise humeur, j'interviens :

— Sa venue nous prouve qu'il faut protéger Eire coûte que coûte ! Quelque chose, quelqu'un la recherche et je ne pense pas que ça soit par gentillesse.

Ma grand-mère soupire, comme lassée par l'entrevue et répond dans un murmure :

— Cela nous prouve surtout, Jack, que la petite ne nous apportera que des problèmes...

IV

15 H 45

La morosité du temps orageux déteint sur mon moral. D'épais nuages aux teintes charbonneuses survolent le comté de Galway depuis plus d'une heure maintenant et assombrissent ce début d'après-midi. La pluie n'est pas encore arrivée et la chaleur demeure à son paroxysme, le taux d'humidité écrase mes poumons sous son étreinte alors que je marche dans la forêt aux abords du village.

Je me sens étriqué, je veux agir, mais sans savoir par où commencer. Après la visite de ce soi-disant inspecteur, j'ai cru devenir fou, tiraillé par l'envie d'action et cette sensation d'urgence attachée à ma poitrine. J'ai même senti mon cœur battre une cadence accélérée, comme emporté par les flots d'une tempête. Aylin m'a intimé de sortir pour me calmer, mon état d'anxiété déteignait sur Eire.

Pensant à une excuse de ma sœur pour m'éloigner, j'ai refusé d'abord, mais j'ai ensuite posé mon regard sur la fillette qui me dévisageait les yeux remplis de larmes. Elle ne pouvait comprendre ce qu'il s'était passé, mais elle discernait mon impatience et mon agitation. La simple idée d'être à l'origine de son affliction m'a attristé, alors j'ai abdiqué, faisant promettre à ma sœur de veiller sur l'enfant le temps que je me calme.

Me voilà donc à marcher dans la forêt. Habituellement, en quelques minutes, ma respiration se tranquillise et ma sérénité revient. À cet instant précis néanmoins, il me faut plus de temps.

Soudain, je me mets à courir, sans raison. Je cours, je fuis, quelle importance, je m'éloigne au maximum du village sur la piste de terre, évitant racines et mousses glissantes. J'enjambe un tronc d'arbre, couché sur le chemin, puis je décide de changer de cap et m'écarte du sentier pour m'enfoncer dans le bois.

La canopée retient les ultimes rayons de lumière pour créer une ambiance crépusculaire. Je pourrais m'inquiéter de cette obscurité, mais j'y trouve au contraire une apaisante douceur. La forte odeur de terre m'assaille de souvenirs et je laisse donc un sourire nostalgique se dessiner sur mes lèvres, alors que je ralentis ma course pour marcher de nouveau. J'apprécie la solitude apportée par cette forêt, lorsque toute trace humaine a déserté ce décor pour ne laisser qu'une nature sauvage et belliqueuse.

D'ailleurs, les buissons épineux s'intensifient et je dois prendre garde au sentier où je m'aventure, sentant quelques branches griffer mes bras nus. C'est étonnant, mais la douleur physique que je ressens à l'instant où l'arbre m'écorche me fait du bien, comme si je trouvais enfin le moyen de concrétiser mon tourment émotionnel.

Je poursuis ma route avec plus de prudence écoutant les sons de la forêt, le vent vibrant dans les feuilles des arbres, les oiseaux qui sifflent en harmonie et les branches qui craquent sous mes pas. La morosité de mon humeur glisse tranquillement le long de mon épiderme, lavé par la course que j'ai entreprise et qui m'a fait évacuer plusieurs litres de sueur ! Maintenant, je peux enfin entendre mes pensées.

Pour tout avouer, je suis dépassé par les évènements, l'arrivée d'Eire a changé mes priorités et je me sens responsable d'elle.

Depuis qu'elle m'a dit son prénom, elle accepte de me parler, mais assez peu et sans jamais me dire d'où elle vient.

Chaque fois que je lui demande, son visage se ferme et son corps frissonne, elle semble terrifiée.

Notre visite au couvent m'a laissé une impression étrange, je n'ai pas apprécié la mère supérieure et j'ai hâte d'en apprendre plus sur elle. Aylin m'a parlé d'un ami à Galway qui pourrait nous aider.

Je pense aussi aux habitants de notre village. À leur hargne, résultat d'années de vie confinée dans ce petit bout de terre.

Que faire ? Comment réagir ?

Moi qui pensais aimer les mystères ! Moi qui pensais avoir trouvé ma voie lors de mon séjour à Ashford, celle de la recherche de la vérité. Aujourd'hui, cela semble bien différent, peut-être trop proche de moi et de ma famille.

Mes pensées se succèdent sans qu'aucune d'elles ne m'apporte de solution, puis je débouche dans un coin où la forêt devient moins dense. Encore quelques pas et j'arrive dans une clairière.

Au centre de celle-ci, je trouve des rochers amassés les uns sur les autres, recouverts en partie d'une mousse bien verte. Deux d'entre eux soutiennent un large bloc de pierre allongé à l'horizontale. Ce n'est pas étonnant dans cette forêt de tomber sur des mégalithes celtes. Dolmens et menhirs ornent nos bois et nous rattachent toujours à nos racines celtiques.

Parfois, quelques offrandes sont disposées autour, des couronnes de fleurs, quelques denrées alimentaires…

Pourtant, ce que je trouve dans cette clairière me laisse sans voix et mal à l'aise.

Un petit chaudron demeure posé sur la pierre principale et une fumée blanchâtre s'en échappe. Je m'en approche davantage et le parfum boisé de sauge m'agrippe les narines au point de me faire tousser. L'herbe brûle toujours dans la marmite en cuivre, chauffée par un feu qui a dû être allumé il y a peu de temps.

Je jette alors un regard autour de moi, persuadé de trouver la personne responsable, mais je reste seul. À côté du chaudron, un bol d'eau où pataugent une brindille de blé et une plume. Je suis intrigué par les ingrédients réunis symbolisant chacun les quatre éléments et m'exclame à voix haute :

— Un autel de culte !

Comme pour me donner raison, je remarque au centre des éléments une statuette en bois aussi grande que ma paume, représentant le buste d'un homme aux cheveux longs affublés de cornes de cerf sur la tête. Dans une de ses mains, il tient un serpent et dans l'autre un torque[8]. Je reconnais aussitôt le dieu Cernunnos, l'une des divinités celtes. Il est l'incarnation de la nature, du cycle de la vie et de la mort…

J'attrape l'objet dans ma main, la fabrication est incroyable et ornée de détails. Je suis néanmoins étonné de trouver dans nos bois l'effigie d'un dieu gaulois ! Il me semble impossible qu'un habitant du village soit venu ici pour créer cet autel.

— Qu'est-ce que ça signifie ?

À cet instant précis, un bruit résonne dans la clairière, juste derrière moi. Je me retourne d'un coup, mais je ne remarque que les ombres des arbres qui dansent en rythme avec le vent. Je reste pourtant sur mes gardes, avec cette sensation étrange de fourmillement à l'arrière de ma nuque. Épié, voilà le mot que je cherche, je me sens épié…

Je glisse la statuette dans ma poche et me prépare à repartir sur mes pas, il est l'heure de rentrer. Je m'éloigne donc

---

[8] Le torque est un collier porté durant l'antiquité, notamment chez les Celtes. Dans les iconographies du dieu Cernunnos, celui-ci le tient souvent dans sa main.

de l'espace sacré érigé au dieu de la nature et entre dans l'étouffante forêt où la lumière du jour reste occultée par les hauts arbres feuillus. De nouveau, je prends mon temps, tâchant de me frayer un chemin dans ces ronces. Le bois semble plus silencieux que tout à l'heure, comme attentif à l'intrusion d'un humain en son sein. Les oiseaux ont arrêté leur chant, le vent a suspendu son souffle, il ne demeure que le bruit de mes pas... Puis l'écho d'une branche qui se brise alors que mon pied ne s'est pas encore posé au sol. Cette fois j'en ai la conviction, je ne suis pas seul.

Je ne me retourne pas. En fait, je fais mine de n'avoir rien entendu et poursuis ma route, mais je garde tous mes sens en alerte. Mon ouïe demeure à l'affut du moindre éclat, je perçois presque le murmure des arbres qui poussent ! Ma vue quant à elle est en partie bloquée par mon mouvement de tête, je tente de garder le visage rivé devant moi, mais mes yeux cherchent à sortir de leur orbite en bougeant du coin extérieur gauche au coin extérieur droit.

C'est là d'ailleurs, à la périphérie de ma vision droite, que je repère une ombre massive se mouvoir. Trop haute pour être un animal, trop agitée pour être un arbre, cette silhouette semble me suivre.

J'inspire et compte trois secondes.

Puis j'expire et me retourne.

Cette fois, la forme indistincte n'a pas le temps de partir. À moitié dissimulée par les hautes fougères et l'ombre portée des arbres, je ne peux discerner qui c'est. Je ne vois qu'une large masse opaque plus grande que moi et qui s'avance dans ma direction.

Une vingtaine de mètres nous séparent encore, mais un rayon de lumière vient percer la cime des arbres et je remarque soudain ce qui se dresse sur la tête de la silhouette ; d'immenses cornes comparables à celles des cerfs !

    La surprise, et peut-être un peu la peur, si je l'avoue, me fait crier et chavirer en arrière. Je me retrouve alors dans un buisson d'épines dont les aiguilles viennent s'enfoncer dans chaque recoin de mon anatomie. Mais je ne m'en préoccupe pas. Je me redresse aussitôt et darde mon regard là où se trouvait l'étrange apparition ; mais elle n'est plus là. Je crois que les histoires de *changeling* ont eu raison de moi.

V

20 H 30

Le diner arrive à son terme.

Comme toujours le repas a été délicieux. Les poissons ramenés par Aylin et moi ce matin ont été engloutis avec rapidité et dans un silence pesant... à l'image de l'après-midi.

Le vin servi à table n'a pas su détendre l'atmosphère. Mon frère semble concentré sur son assiette déjà vide et ne répond même pas aux rares questions que ma mère en face lui pose. Cette dernière essaie donc d'attirer l'attention de son époux pour l'aider à délier la langue de Liam, mais mon père reste lui aussi accaparé par son calepin rempli de notes. Aylin demeure muette, c'est pourtant si rare chez elle, elle me lance des regards à la dérobée, mais je prétends ne rien voir. Il ne reste donc plus que ma grand-mère en bout de table. Son visage s'agite et exprime un bon nombre d'émotions sans qu'elle dise le moindre mot. C'est à la fois drôle et déconcertant lorsqu'elle agit de cette manière. Drôle de l'observer avoir une conversation avec elle-même ; déconcertant, car avec ses sourcils froncés, on peut se douter que la discussion n'est en rien positive ! Pendant ce temps, Eire se repose dans la pièce à côté, après avoir grignoté un peu.

De mon côté, je tente de fuir les appels silencieux de ma sœur, tout en promenant mon regard sur l'assemblée, et étudie les pensées de chacun. L'inquiétude ne me lâche plus depuis ce midi et la venue chez nous de cet homme cherchant à récupérer Eire.

J'ai peur.

Une crainte que je peine à avouer, mais que j'ai pourtant du mal à taire. L'intrusion de ce supposé inspecteur

Kavanagh risque bien de faire changer d'avis mes parents au sujet de la gamine. Leur comportement cet après-midi et ce soir ne fait que confirmer mes doutes. Personne n'ose prononcer le moindre mot sur ce qu'il s'est passé, mais les non-dits pèsent plus lourd encore.

Et puis, il y a eu cette silhouette inqualifiable dans la forêt ; je n'ai pas encore osé en parler à ma famille d'ailleurs. Soit ils me prendront pour un fou, soit cela leur donnera une raison supplémentaire pour vouloir faire partir l'enfant.

À bout de patience, Aylin finit par lâcher à voix haute :

— On poursuit l'absurdité de ce silence ou on parle tous ensemble de ce qu'il se passe ?!

Je maudis son audace. Ses paroles reviennent à ouvrir la boite de Pandore et déverser autour de cette table la hargne des membres de la famille. Alors je serre les dents, inquiet de ce qui suivra. Pourtant, c'est ma mère qui intervient :

— Aylin a raison, ce n'est pas sain d'ignorer nos problèmes.

Elle se tourne ensuite vers mon frère :

— Liam tu n'as pas dit un mot depuis que tu es rentré, qu'est-ce qui se passe ?

Sur son profil, je remarque sa mâchoire se contracter. Il relève enfin la tête et pointe son regard dans le sien.

— C'était une journée compliquée, voilà tout ! J'ai été renvoyé ce matin du chantier et cet après-midi... (Il secoue la tête en grognant) ça n'a pas d'importance.

— Qu'est-ce qui s'est passé sur le chantier, je ne comprends pas, ton patron semblait ravi de ton travail ! répond ma mère surprise.

À côté, mon père lève enfin le nez de son carnet dans une mine compréhensive, tout comme ma grand-mère à l'opposé.

— Oui, ça ne m'étonne pas vraiment, intervient mon père. Toute la matinée, les patients ont annulé leur rendez-vous.

Sous le choc, Aylin demande :

— Mais pourquoi ? Ça n'a aucun sens !

— C'est pourtant simple, reprend Liam dans une rage contenue, aider la gamine nous met dans la situation où les autres habitants n'ont plus confiance en nous. Ils ne désirent pas travailler au côté de celui qui protège la *changeling*, ou encore se faire soigner par celui qui s'en occupe !

En bout de table, Deirdre rétorque :

— Ils ne veulent pas non plus de mes conseils. Comment puis-je bien remplir mon rôle si mon intégrité est remise en cause…

Je m'en doutais, bien sûr, j'avais la conviction que nous arriverions à ce moment précis, mais je ne peux m'empêcher un pincement au cœur. Alors que ma famille raconte les mésaventures arrivées aujourd'hui au village, je reste muet. J'ignore quoi répondre à tout ça, car même si je veux à tout prix aider Eire, entendre les répercussions que cela engendre sur chacun d'eux me brise le cœur.

Mais mon silence est perçu autrement par mon frère qui se tourne alors vers moi.

— Toi, évidemment, tu ne dis rien ! Après tout, qu'en as-tu à faire, bientôt tu repartiras en Angleterre, donc aucune conséquence pour toi !

Son regard brille par son emportement et je peine à maintenir le contact visuel. Il a raison et je m'en sens honteux. Pourtant, je ne peux l'admettre et préfère me redresser pour me donner du courage.

— Que souhaiterais-tu ? Qu'on accepte la sentence des villageois et qu'on laisse le premier menteur venu la récupérer pour on ne sait quelle raison ? Qu'on abandonne une enfant innocente dans les bois à la merci de toutes les créatures pour alléger notre quotidien ? C'EST ÇA QUE TU DEMANDES, LIAM ?!

À la fin de ma tirade, je crie presque, emporté par l'émotion.

— Jack, voyons, ce n'est pas ce que ton frère veut dire, intervient mon père. Évidemment que nous devons protéger et aider l'enfant, mais les complications engendrées sont réelles et nous n'avons toujours aucune idée de qui elle est et d'où elle vient. Cela doit aussi être pris en compte.

Voilà, la sagesse et le calme de Colin Donegan dans toute sa splendeur. Mais mes mains tremblent toujours, hantées par l'étrange vision de l'après-midi dans la forêt. D'ailleurs, ma grand-mère l'a remarqué et elle me dévisage avec intensité.

— Jack, me demande-t-elle d'une voix où pointe la suspicion, pourquoi as-tu parlé de « créatures » ? Tu as des choses à nous dire ?

Je réponds avec brusquerie, ma voix montant un peu trop dans les aigus :

— Non, tout va bien, il n'y a rien…

Je me sens piégé par le regard des membres de ma famille pointé sur moi sans aucune échappatoire. Aylin en profite pour m'interroger :

— Tu es bizarre, Jack.

— Je suis juste agacé par la discussion et par les propos de Liam, voilà tout !

— Non, reprend-elle, tu es étrange depuis ton retour de forêt, j'ai passé la soirée à essayer de t'en parler, mais tu n'as pas arrêté de m'ignorer !

Voilà l'instant que je redoutais, je ne veux pas évoquer ce que je crois avoir vu dans les bois, car je crains d'alimenter la superstition sur Eire. Je ne vois pourtant pas comment me sortir de cette situation face aux Donegan qui attendent tous une explication.

Je prends mon temps pour réfléchir et bien choisir mes mots, puis je commence :

— Durant ma balade en forêt, je suis tombé sur un mégalithe sur lequel était dressé un autel sacré. Tout était en place pour un rituel : la représentation des quatre éléments, la fumigation de sauge et la statue du guide spirituel. Le plus étonnant, c'est qu'il s'agissait du dieu Cernunnos, pas vraiment commun par ici.

Je dépose alors la statuette récupérée dans la forêt à côté de mon verre, à la vue de toute ma famille. Agacé, mon frère frappe son point sur la table secouant les couverts.

— On aurait dû s'en douter, du grand Jack ! Quand quelque chose ne va pas, on appelle des créatures surnaturelles pour éviter de gérer la situation.

Ma sœur nous regarde tous le deux, les yeux écarquillés, tandis que mes parents essaient de calmer mon frère. C'est Deirdre qui coupe court au lynchage en s'exclamant avec force :

— Tais-toi, Liam !

Elle se tourne vers moi, penchée au-dessus de la table, et attrape la statue de la divinité. Puis, elle darde son regard dans le mien :

— Tu as vu autre chose là-bas, Jack ? Les personnes qui ont installé l'autel peut-être, ou bien une autre... présence ?

Au moment où elle prononce ces mots, Liam soupire, effaré, Aylin se tourne vers notre grand-mère avec stupeur et mes parents secouent la tête, peinés par la tournure de la discussion. De mon côté, je baisse les yeux et réponds dans un murmure :

— Je n'ai rien vu d'autre, juste cette installation qui m'a semblé étrange.

Je déteste mentir à ma famille, mais il y a des choses qu'il vaut mieux éviter de raconter. D'ailleurs, qu'aurais-je bien pu dire ? Je n'étais même plus vraiment sûr de ce que j'avais vu, après tout j'étais sous l'emprise d'émotions fortes, je venais de croiser un autel rituel, alors la silhouette que j'ai cru apercevoir n'était probablement qu'une illusion de mon esprit.

Comme pour me donner tort, un hurlement retentit.

La complainte semble provenir de tous les côtés en même temps, comme l'écho d'un écho s'écrasant avec une incroyable force contre les parois d'une crevasse. Je pourrais presque sentir le sol vibrer sous l'assaut du cri.

Les secondes s'éternisent lorsque je comprends enfin l'origine de cette clameur : dans la pièce d'à côté, là où Eire est couchée.

VI

21 H 15

Je me précipite auprès de la fillette que je découvre, recroquevillée sur le lit, les yeux remplis de larmes. Chaque trait de son visage est tiré par une terreur si violente que je m'en inquiète.

J'arrive près d'elle, ouvre mes bras et elle se jette dedans. Son minuscule petit corps tremble sous l'emprise de cette crise, ses pleurs sont bruyants et aucune de mes paroles ne semble l'apaiser. Elle est incapable de parler dans cet état, juste d'évacuer les émotions qui l'ont submergée.

Derrière moi, j'entends le reste de ma famille qui nous a rejoints, mais je n'y prends pas garde, je reste concentré sur la fillette apeurée dont je sens palpiter le petit cœur dans une cadence trop rapide. Une vague d'émotion étreint ma poitrine à mon tour, me sentant impuissant face à sa détresse. Alors je la serre encore plus fort, comme pour écraser l'affliction. Puis, dans un murmure et de ma voix de baryton, je commence à chantonner. Une mélodie d'un conte celte sur une princesse de Tír na nÓg[9] qui cherche désespérément à fuir le royaume pour rejoindre celui des humains. Mon timbre résonne dans ma cage thoracique et vibre contre la tête de la fillette qui est appuyée contre ma poitrine. Les intonations chaudes semblent adoucir les spasmes, et la fillette se calme enfin.

Elle relève la tête vers moi, elle veut parler, mais je remarque sa lèvre inférieure tressauter. Je lui dis de prendre une grande inspiration, ce qu'elle fait, puis elle pointe son doigt

---

[9] Tír na nÓg désigne en gaélique « la terre de l'éternelle jeunesse ». Il s'agit de l'un des autres noms du Sidh.

vers ma droite et désigne la fenêtre. Sans que nous ayons besoin de nous concerter, mon frère fonce vers le bureau de mon père, la pièce adjacente, pour prendre la sortie arrière et scrute les environs.

Il revient quelques secondes plus tard.

— Il y a une marque de doigts contre le carreau et les rondins de bois contre le mur ont été dérangés.

Un rodeur donc. Je me tourne vers Eire et lui demande d'une voix douce :

— Tu as pu voir qui c'était, est-ce que c'était l'homme venu à la maison ce midi ?

Dès le départ, je ne sentais pas cet homme, ce Kavanagh, et cela ne m'étonnerait pas qu'il soit revenu la chercher. Eire fait « non » de la tête et de nouvelles larmes coulent sur ses joues. Elle tente de prendre la parole, mais bafouille. Je prends donc son visage entre mes mains et lui montre mon plus grand sourire.

— Tout va bien maintenant, Eire, tu es en sécurité. Tu me crois, n'est-ce pas ?

Elle hoche la tête, déglutit avec difficulté, puis marmonne :

— Immense... avec des cornes...

OK, je ne m'y attendais pas du tout.

C'est le moment précis où un cri résonne à nouveau, lointain cette fois.

La lamentation nous fait tous sursauter et une onde d'horreur parcourt nos corps agités par l'incompréhension. Mais qu'est-ce qu'il se passe ?!

Mon père, Liam, Aylin et moi, nous décidons d'aller voir. Mais une pression m'a rappelé à l'ordre, la fillette est accrochée à moi et semble bien refuser de me voir partir. Ma mère s'approche alors et la berce contre elle, reprenant la chanson que je murmurais quelques instants plus tôt. Je me tourne ensuite vers ma grand-mère qui acquiesce sans que j'aie besoin de prononcer le moindre mot :

— On va prendre soin d'elle, rejoins les autres pour comprendre ce qu'il se passe, Jack !

Dehors, une agitation commence à naître. La clarté diurne a laissé place à une lune bien pleine éclairant de son éclat pâle le village et permettant aux ombres étranges de s'étirer. La chaleur de la journée n'est pas retombée, tout comme le taux d'humidité, et une vapeur blanchâtre lèche le sol, accentuant l'ambiance fantasmagorique de cette nuit.

Je rattrape ma famille et nous arrivons vers la maison où le hurlement a été à nouveau entendu. Nos voisins sont sortis et c'est la mère que l'on trouve à genoux, pleurant en serrant contre elle son fils de deux ans. L'enfant dans ses bras ne semble pas comprendre la situation et regarde, étonné, sa mère qui le serre en le berçant. Le mari de son côté revient enfin après avoir fait le tour de leur maison et, voyant mon père, il raconte :

— Elle a aperçu une silhouette gigantesque et monstrueuse rôder à la fenêtre. Je n'ai vu personne, mais...

Il ne finit pas sa phrase, car encore un hurlement éclate au cœur du village.

Nous repartons tous au pas de course, animés par le sentiment impératif de comprendre ce qu'il se trame. Un sombre dessein se profile, mais je n'ose encore émettre la moindre hypothèse.

Au fil des minutes, les complaintes se répètent dans de nouvelles maisons, et toujours une apparition décrite comme massive et inhumaine. Enfin, inhumaine pour certains, car d'autres évoquent plutôt une créature humanoïde avec sur la tête d'immenses cornes. Je repense à ma vision de l'après-midi et comprends l'erreur que j'ai commise en ne me confiant pas.

Je peux avouer mon incrédulité face aux évènements. Les familles se succèdent, la peur se transmet et même ceux n'ayant reçu aucune visite s'inquiètent. Le mot « fée » nous poursuit, celui de « spectre » aussi, tous s'accordent sur l'aspect surnaturel.

À peine arrivons-nous là où la créature aurait été aperçue, qu'à un endroit opposé un cri vient modifier l'emplacement. Comment peut-on se déplacer aussi vite ? Ou alors, peut-être sont-ils plusieurs ?

Pour tenter d'appréhender le fautif, qu'il soit humain, féerique ou diablerie, nous nous séparons : Aylin suit Liam à l'est et je pars à l'ouest avec mon père. Malgré son peu d'activité sportive, mon père conserve une bonne cadence et nous courons tous les deux le long des ruelles en tentant de percevoir quoi que ce soit dans cette obscurité. Malgré la lune lumineuse, nous restons entourés par les ténèbres. Heureusement, avec le vacarme depuis le sud jusqu'au centre du village, la plupart des habitations ont commencé à allumer les bougies, et certains voisins, nous voyant nous déplacer en catimini, nous interrogent. Alors que mon père discute avec l'un des habitants pour lui expliquer la situation et lui demander s'il a vu quelque chose, je continue ma recherche.

J'avance avec précaution, laissant mes pieds glisser sur la terre sèche. J'évite les déchets tombés à la renverse sur le bas-côté, ou les brindilles qui risqueraient de craquer sous mes pas. Je maintiens mes déplacements furtifs, et même ma respiration semble aussi discrète que celle d'un macchabée.

Le silence semble régner, puis je perçois le bruit d'un vêtement. Subtil, à peine perceptible, mais bien là. Je m'arrête pour trouver l'origine du son, vers la gauche, juste au croisement de la rue, dans une venelle où l'éclat de la lune ne parvient pas à émettre.

J'avance d'un pas et, cette fois, je crois repérer du mouvement en face de moi. Une silhouette corpulente aux épaules carrées, mais dont la tête a une proportion bien plus petite en comparaison, observe l'intérieur d'une maison. Sur son front logent deux longues cornes aux ramifications multiples.

Je suis complètement stupéfait et me raidis par l'appréhension. Puis, à ma droite, je sens une légère caresse sur mon avant-bras et alors chacun de mes poils se dresse sur mon épiderme. Un chatouillis désagréable remonte le long de mon épine dorsale, je n'ose tourner la tête.

Un vacarme résonne alors dans la maison observée et me fait perdre ma concentration. Je perds de vue la silhouette étrange qui se trouvait face à moi et lorsque je tourne la tête à ma droite, c'est pour trouver l'ombre cornue qui me domine de sa hauteur et dont la cape frôle mon bras. Sous l'effet de la surprise, je pivote sur le côté et recule. Je ne peux retenir un petit cri.

J'ai du mal à savoir ce qu'il se passe ensuite, car un choc lourd atteint ma tempe. Ma vision se trouble avant de s'éteindre complètement.

QUATRIÈME PARTIE
UN WEEK-END DANS LA FOLIE
SAMEDI 10 AOÛT 1929

I

22 H 30

Des sons parviennent jusqu'à moi, des bruits de pas précipités, une femme qui s'excuse brièvement, puis je sens une main qui m'ausculte avec tendresse. Lorsque j'ouvre les yeux, j'ai cinq ans, je suis alité et mon père veille à mon chevet.

C'était la première fois que j'étais aussi malade, la seule et unique fois, car après cette semaine de délire fiévreux ma vie avait basculé.

Oui, lorsque j'ouvre les yeux, j'ai, l'espace de deux secondes, la sensation d'être de nouveau cet enfant, ravi d'avoir son père à ses côtés et se sentant protégé. Mais l'instant s'efface et je me souviens.

Je ne suis plus dehors dans le tumulte de la nuit, mais allongé sur un canapé, chez mes parents. Qui m'a ramené ? Je remue, grogne, et à côté, la voix de mon père répond à une question que je n'ai pas entendue :

— Une légère commotion, heureusement, tu n'as pas trop de force, Orla ! Quelle idée de le frapper avec une stèle de bois ?

— Cela criait de tous les côtés et je vois une ombre roder devant ma fenêtre. Que voulais-tu que je fasse, Colin ?

— Vérifier avant de frapper ! répond ma grand-mère, agacée.

Je m'agite à nouveau et arrive enfin à ouvrir les paupières. Je suis alors submergé par une douleur qui m'étourdit. Ma main se porte à mon front et je sens un liquide poisseux recouvrir l'endroit de mon affliction.

— Jack, ne te touche pas le front, je dois finir de nettoyer la plaie avant de recoudre.

Je suis allongé dans le bureau de mon père et la petite pièce est envahie par les membres de ma famille, sauf ma mère, ce qui m'étonne d'ailleurs. Leur mine anxieuse a quelque chose d'humoristique, j'ignore pourquoi, mais malgré la douleur cinglante, je glousse. Aylin lève les sourcils, étonnée par mon comportement, mais ma grand-mère répond :

— J'ai appliqué un baume relaxant avant que ton père intervienne pour aider notre petit Jack à se détendre.

C'est donc ça la brume cotonneuse que je ressens au bout de mes doigts et dans mes pensées. Une douce léthargie qui me ferait presque oublier les affres de ma blessure à la tête que mon père prend soin de panser.

D'une voix un peu lente et mal articulée, je demande où se trouve notre mère, et ma sœur m'explique aussitôt :

— Avec Eire, bien sûr ! La petite voulait rester avec toi, mais la vue du sang n'est pas faite pour les enfants.

Il me faut un certain temps avant de comprendre ce qu'elle me dit, comme si le prénom, Eire, m'était inconnu. Puis enfin, tout me revient et je me lève en sursaut.

— *Bloody hell* ! Comment va-t-elle ?

Je regrette aussitôt mon geste, car la nausée me submerge. J'arrive à ne pas rendre mon dîner et m'accroche au bras de mon père pour ne pas vaciller.

— Ne t'inquiète pas, elle va bien. Elle a été choquée par l'apparition à la fenêtre et lorsqu'elle nous a vus te ramener, inconscient, à la maison. Mais ça va aller mieux maintenant !

Ma mère entre justement dans la pièce.

— Eire s'est enfin assoupie. Toute cette agitation l'a bien retournée, la pauvre enfant.

Elle s'approche de moi et caresse avec tendresse mon autre joue, puis regarde mon père et Liam en demandant :

— Qu'est-ce que c'était justement ?

Orla intervient alors :

— Une œuvre des fées, un maléfice... pour sûr, rien de bon n'en résultera !

Sur ces paroles, la doyenne prend la sortie, escortée par ma grand-mère. Je les vois toutes deux chuchoter en se courbant l'une vers l'autre. J'aimerais pouvoir entendre ce qu'elles se disent, leurs influences demeurent grandes au village et j'espère que les évènements de ce début de nuit ne viendront pas appuyer leur défiance envers Eire. Mais j'en doute.

— Je ne peux pas vraiment donner tort à la mère Sullivan, reprend mon frère, cette soirée était particulièrement étrange ! Les silhouettes s'évanouissaient chaque fois qu'on arrivait, terrifiant les habitants et laissant une marque bien singulière...

J'arrête le geste de mon père qui s'apprêtait à panser ma plaie et me redresse avec difficulté :

— Une marque... De quelle marque parles-tu ?

⁂

DIMANCHE 11 AOÛT 1929

7 H 30

La nuit a été compliquée et encore, c'est un euphémisme !

Les allers-retours de nos voisins pour des blessures causées par la panique ou par simple curiosité ont continué jusqu'à tard dans la nuit. Mon père et ma mère ont aidé pour les soins, mon frère et ma sœur ont géré ceux qui avaient trop de questions. De mon côté, avec l'état de mon front et le baume un peu trop efficace de ma grand-mère, je n'ai pas été d'un grand secours. J'ai donc eu tout le loisir de me pencher sur mes réflexions et de fomenter hypothèses et conjectures. Ce matin donc, au réveil, je me sens vaseux à cause de ma blessure encore très pénible et confus, car impossible de comprendre ce qu'il s'est passé !

Une silhouette cornue tourmentant un village, quelle mascarade atypique !

Je n'en discerne qu'un seul but, celui d'effrayer par cette marque de peinture. Mon frère m'a rapporté à quoi ressemblait cette trace dessinée sur certaines portes. Une sorte de spirale barrée. Étrange, car le symbole de la spirale en Irlande est l'un des plus anciens utilisés dans l'art et représente l'équilibre spirituel. Le fait que cela soit barré annonce peut-être un déséquilibre ?

Je soupire. Une trace dessinée à la va-vite sur les portes de maisons où vivent des enfants en bas âge. Pour désigner… accuser… menacer…

Ma certitude ? Quelqu'un se joue de nous et alimente la superstition, car la sélection des portes marquées n'est pas anodine, comme pour donner raison aux mauvaises langues évoquant l'histoire des *changelings*.

Pourtant, au souvenir de la silhouette dressée face à moi, au souffle brûlant contre ma nuque, je ne peux empêcher un frisson de secouer mon corps toujours comateux. S'il y avait encore au village des gens pour douter de l'hypothèse d'un *changeling* sous les traits d'Eire, le dramatique spectacle de la veille a dû achever de les convertir à la superstition ambiante. Comme l'a dit Liam hier soir, je ne peux pas leur jeter la pierre, car ma propre conviction a été ébranlée.

Avec une extrême lenteur, je me lève du canapé où j'ai passé la nuit, tente de me débarbouiller avec un seau d'eau posé à côté et grimace en éclaboussant du liquide glacial sur ma blessure. Dans le miroir, j'observe mon reflet : le côté droit de mon visage est tuméfié et je peine à discerner les traits familiers de mon anatomie faciale. Entre bosses, hématomes aux couleurs multiples et une large cicatrice qui part de ma tempe vers mon arcade sourcilière, je fais peur à voir.

— Tu as fini de t'admirer dans le miroir, Jack, pouvons-nous y aller ?!

Ma sœur entre sans frapper. Malgré son ton taquin, elle s'approche de moi et, avec la plus grande douceur, m'aide à vêtir ma veste. Dans la poche interne, je sens d'ailleurs mon nécessaire à outils bien compact, efficace pour ouvrir toutes les portes fermées. On ne sait jamais quand on a besoin de ce genre de choses !

Ce matin, nous avons rendez-vous avec son ami journaliste, il nous attend dans un pub et j'ai hâte de l'interroger. Dans mon état, Aylin souhaitait que je reste à la maison, mais comment puis-je attendre, sans agir, avec tout ce qui se passe ! Eire dormant encore, je peux tenter de dénouer quelques nœuds de cette étrange affaire avant son réveil.

Nous partons, alors que le soleil est encore bas dans l'horizon, dessinant une chaude ligne là où se porte notre regard. Pour rejoindre Galway, nous délaissons les vélos pour emprunter l'autobus, puisque la ligne de tramway ne dessert pas encore notre village. Il ne nous faut pas longtemps pour arriver, nous habitons si près de la ville, et nous nous dirigeons vers le centre déjà bien animé.

Le cœur du quartier médiéval m'enchante par son histoire et l'architecture si typique de cette ville, mais pas le temps de flâner, nous tournons à l'angle de Cross Street et Quay Street pour rejoindre le pub « TighNeachtain ». Malgré l'heure matinale, l'endroit est déjà bien rempli de badauds en tous genres. Certains ne se sont probablement jamais couchés, d'autres font une pause déjeuner avant de reprendre leur chantier.

Je laisse ma sœur me conduire au travers de la salle principale. Elle salue l'homme derrière le bar par son prénom et poursuit jusqu'au fond puis passe derrière un grand rideau épais et sombre. L'arrière-salle est plus intime, peu de tables y sont installées et, ce matin, une seule personne est assise sur l'une des chaises.

— O'Brien, contente de te voir, interpelle ma sœur.

L'homme assis de dos se retourne avec un grand sourire jovial inscrit sur les lèvres :

— Miss Donegan, ça faisait longtemps !

La complicité entre eux me donne une étrange sensation, mais ça disparait bien vite lorsqu'il se tourne vers moi avec cette même chaleur conviviale.

— Tu dois être Jack, le frère talentueux qui a migré à Londres ! Je t'envie, j'adorerais travailler pour un journal là-bas. Aylin m'a d'ailleurs fait lire l'article que tu as écrit il y a quelques semaines, tu as beaucoup de talent.

Pour une fois que je ne suis pas grondé ou moqué pour mes études en Angleterre, cela me fait plaisir, autant que son compliment.

Neil O'Brien n'a pas encore trente ans, des cheveux d'un blond presque blanc et une taille incroyable, il doit mesurer presque 1m95. Je crois savoir qu'il est né à Stockholm. Cela ne m'étonne pas vraiment, car il garde, inscrit sur le visage, ses origines nordiques. On pourrait presque le voir se dresser sur un drakkar comme un Viking d'antan.

Ma sœur m'a expliqué sur le chemin qu'elle avait rencontré Neil alors qu'il enquêtait pour un article sur l'IRA. Il interrogeait des personnes qui commençaient à ne guère apprécier ses questions, et Aylin était intervenue. En reconnaissant des amis de Liam, elle savait qu'elle ne risquait rien ! Elle avait alors intercédé en faveur du journaliste pour lui permettre de repartir sans heurt. Il est parfois pratique d'avoir ce genre de connaissances dans notre entourage !

Neil O'Brien ne perd d'ailleurs pas de temps, à peine nous sommes-nous installés, Aylin et moi, qu'il me tend un mince dossier :

— Bon, je n'ai pas trouvé grand-chose de probant concernant Constance McCauley, une religieuse sans histoire et appréciée par les autorités chrétiennes du comté, quoiqu'un peu zélée peut-être.

Voyant ma mine défaite, il reprend aussitôt :

— Par contre, je travaille sur un dossier depuis quelques mois maintenant, qui pourrait peut-être être lié à votre histoire. Pour le moment ce ne sont que des racontars, donc je préfère rester discret, et puis j'ai des difficultés à récolter des témoignages. Les jeunes femmes dont il est question ne veulent pas se confier de vive voix à un étranger, voyez-vous. J'ai pensé que vous auriez peut-être plus de chance que moi.

Intrigué, je lui demande sans détour :
— En quoi ces femmes ont-elles quelque chose à voir avec Eire et les mauvais traitements qu'elle aurait reçus ?

Le journaliste se rapproche de nous et d'une voix basse, il répond :
— Ces jeunes femmes racontent que leur bébé aurait été kidnappé et souvent le couvent de Tuam est pointé du doigt.

II

9 H

Nous avons bavardé un long moment avec Neil O'Brien en sirotant une boisson chaude. Son attitude avenante pousse à la confidence et je lui ai donc narré dans les moindres détails le mystère du manoir d'Ashford. La discussion a ensuite dévié sur le métier à proprement parler de journaliste, pour lequel j'avais un bon nombre de questions. Mon attrait récent pour l'écriture trouve une certaine résonance avec ce travail d'investigation, moi qui aime tant dénicher la vérité.

Lorsque l'heure raisonnable nous le permet, nous décidons de partir pour rejoindre l'une des familles mentionnées par O'Brien. Nous grimpons donc dans la berline neuve du journaliste et le laissons nous guider. Neil semble bien mal à l'aise dans sa belle voiture trop étroite pour sa grande stature, le forçant à conduire le dos courbé en deux. Son charisme naturel, lorsqu'on était en extérieur, s'efface pour laisser place à une touchante gaucherie.

Durant les trente minutes du trajet, il nous raconte ses différentes aventures depuis son pays natal jusqu'en Irlande. Il réfléchit d'ailleurs à publier un roman à ce sujet, et je dois bien avouer être particulièrement sensible à ses histoires passionnantes.

Un timide soleil accompagne notre escapade, projetant une douce lumière chaude sur le paysage irlandais. Puis, en arrivant devant une large maison, nous descendons de voiture. L'endroit est bien plus cossu que ce à quoi je m'étais attendu.

À la porte d'entrée, un majordome nous accueille pour nous conduire ensuite jusqu'au salon. Une jeune femme nous y retrouve, l'apparence grave et le teint pâle. Un sourire forcé étire d'ailleurs ses lèvres sèches et elle ne cesse de jeter des coups d'œil vers la porte, le regard fuyant et inquiet.

— Je... En quoi puis-je vous aider ? demande-t-elle d'une voix incertaine et tremblante.

O'Brien répond avec un timbre doux pour calmer l'anxiété évidente de la jeune femme face à nous.

— Je suis le journaliste Neil O'Brien, nous avons correspondu ensemble par lettres il y a quelques mois, vous vous souvenez ?

— Non, désolée, je ne me souviens pas du tout, peut-être vous êtes-vous trompé ! répond-elle en se levant, prête à nous congédier.

Mais le journaliste ne se lève pas et poursuit :

— Vous êtes bien Madenn ? J'ai ici même les lettres que nous nous sommes envoyées.

O'Brien sort de sa besace un paquet de lettres et le pose sur la table basse qui nous sépare de la jeune femme. Le visage déjà bien blanc de Madenn pâlit encore et elle s'effondre sur son fauteuil, cachant son visage dans ses mains.

— Vous n'auriez pas dû venir ! J'ai arrêté de répondre, je ne veux pas témoigner... Vous n'auriez pas dû venir !

Nous sommes tous sous le choc de ses paroles et de l'affliction évidente de la jeune femme. Elle doit avoir dix-sept ans, elle est donc à peine plus âgée que ma sœur. Aylin d'ailleurs est la seule à réagir aussitôt. Elle se lève, contourne la table et entoure de ses bras la silhouette frêle et frissonnante, puis parle dans un murmure apaisant :

— Madenn, c'est bien ça ? Ne vous inquiétez pas, nous ne sommes pas là pour vous juger ni pour vous demander de témoigner aux yeux du monde (à cet instant, O'Brien réagit comme pour dire que c'est exactement ce dont il a besoin, mais ma sœur lui jette un regard noir qui le fait taire). Nous sommes ici pour vous aider et surtout vous écouter...

Tant bien que mal, la jeune femme relève la tête, dévoilant un sillon de larmes sur ses joues. Je remarque également les marques violacées sous ses yeux, elle semble épuisée.

— En quoi puis-je vous aider ? questionne-t-elle d'une voix brisée par l'émotion.

Neil et moi préférons laisser ma sœur poursuivre, le lien qu'elle a déjà créé avec Madenn devrait permettre une plus grande éloquence de la part de la jeune femme angoissée.

— Pouvez-vous me parler de votre histoire et de votre lien avec le couvent de Tuam ? demande Aylin doucement.

— Tuam, dites-vous ? Je n'ai pas grand-chose à dire, vraiment...

— En êtes-vous certaine, Madenn ? C'est important, nous essayons de venir en aide à une fillette et...

Mais Aylin n'a pas le temps de finir sa phrase, coupée par la jeune femme :

— Je vous assure, je ne vois pas ce que je pourrais vous dire sur Tuam, c'est une ville où je vais rarement !

— Pourtant, dans cette lettre vous me parliez de votre enfant qu'on vous a enlevé, intervient Neil en montrant la lettre en question.

Madenn attrape la lettre, lit brièvement le contenu et grimace. De toute évidence, elle préfère éluder ce sujet, mais le journaliste ne la lâche pas. Elle finit par répondre d'un ton sec :

— C'était il y a plus d'un an vous savez, cela n'a plus d'importance aujourd'hui et je ne souhaite pas revenir sur ce sujet. D'ailleurs pourquoi voulez-vous savoir ? Pourquoi venir me harceler chez moi pour une telle question ? Le journalisme est-il devenu un métier de persécution ?!

Parfois, la meilleure défense reste l'attaque et, à cet instant, c'est ce que j'observe. Neil, pris au dépourvu, conserve une expression comique : la bouche ouverte, prêt à parler, mais sans savoir quoi dire. Je décide cette fois d'interférer en adoptant une autre stratégie.

— Je m'appelle Jack et j'ai besoin de votre assistance. Voyez-vous, il y a quelques jours, une fillette est arrivée dans notre village : à peine cinq ans, déboussolée et maltraitée. Elle est adorable, toujours souriante, naïve et a une âme d'artiste ! Eire, c'est son prénom. Hélas, elle a du mal à nous dire d'où elle vient et qui lui a infligé de tels sévices. Mon père, le médecin du village, l'a auscultée et ce qu'il a découvert est particulièrement alarmant. Elle a déjà eu de multiples fractures, dont la plupart ont mal cicatrisé. Elle a dû également contracter certaines maladies qui ont atteint et affaibli ses poumons... Je vous parle de tout cela, car je désire plus que tout lui venir en aide et trouver les coupables pour les empêcher de recommencer. Ce qui est arrivé à votre enfant, enlevé par le couvent du Bon Secours à Tuam, pourrait être en lien avec l'histoire d'Eire.

Madenn baisse la tête en écoutant mon récit et je vois bon nombre d'émotions passer sur son visage, mais j'ai du mal à les discerner toutes. La confusion semble prédominer. Elle finit par plonger son regard dans le mien et répond :

— Je suis navrée pour ce qui est arrivé à cette enfant, j'en suis désolée, mais le couvent n'y est pour rien, je peux vous le certifier.

— Enfin Madenn, il ne sert à rien de le nier ! rétorque Neil O'Brien.

— Je suis allée au couvent pour mettre au monde mon fils, mais ce n'est pas les bonnes sœurs qui me l'ont enlevé.

C'est l'orphelinat à quelques kilomètres de là qui s'en est chargé.

Interloqué, je prends alors la parole :

— L'orphelinat ? Vous voulez dire que vos parents ont décidé de donner votre enfant à l'orphelinat sans votre consentement ?

— Non, répond-elle avec empressement, l'orphelinat a récupéré mon enfant alors que j'étais en convalescence. Lorsque je m'y suis rendue pour qu'on me le rende, expliquant qu'il y avait eu une erreur, mon fils était déjà parti !

— Parti où ? nous demandons en cœur.

La jeune femme s'agite sur son fauteuil, encore plus mal à l'aise. Sans oser nous regarder dans les yeux, elle répond :

— L'orphelinat vend les enfants à des familles aux États-Unis, c'est ce que j'ai découvert. Je me suis rendue chez eux pour réclamer mon fils. Puisqu'ils refusaient, je me suis éclipsée et j'ai cherché partout. Je me suis retrouvée dans une pièce d'archivages et j'y ai découvert le livre de comptes. Tout y était écrit, noir sur blanc ! Hélas, la destination finale des enfants et le nom des acheteurs sont mentionnés par une sorte de code. Impossible de retrouver leur trace maintenant. Vous comprenez pourquoi j'ai arrêté de vous répondre par lettre. Mon enfant est perdu, et je ne le retrouverai jamais. À quoi bon continuer et me faire du mal…

Soudain, une porte claque à l'extérieur et Madenn se fige, les yeux écarquillés. Le majordome entre alors dans le salon pour intervenir avec nervosité :

— Mademoiselle, vos parents viennent de rentrer. Je les ai fait passer par la porte arrière en prétextant un problème de gong. Je ne pense pas qu'ils apprécieront de trouver des visiteurs ici… en votre compagnie.

Paniquée, la jeune femme se lève et bafouille :

— Vous... vous devez partir ! Mon père... il va être furieux.

Des voix, encore lointaines, nous parviennent du jardin. Neil est le premier à se lever, il attrape les lettres et se dirige dans le hall. Je le suis de près, mais constate que ma sœur est encore dans le salon et observe Madenn.

— Aylin, tu viens ?

Une étrange expression se peint sur son visage. Sourcils plissés, elle laisse un rictus se former sur ses lèvres puis me rejoint en toute hâte. J'aimerais la questionner, mais elle m'interrompt d'un geste brusque et murmure :

— Plus tard !

III

10 H 45

La matinée progresse et je m'inquiète de l'heure qui tourne pendant que je laisse Eire seule. Enfin, seule, pas vraiment ! Mais je sais qu'elle préférerait que je sois là. Pourtant, la piste avance et je désire la suivre pour empêcher qu'elle ne se dérobe à nouveau devant moi.

La matinée, donc, s'étend et nous marchons dans ce long couloir interminable.

Aussitôt après avoir quitté la maison de la jeune Madenn, nous sommes remontés dans la voiture en direction de l'orphelinat. Avec la carte de journaliste d'O'Brien, il a été aisé de se faire passer pour des reporters venus écrire un article élogieux sur l'endroit. Nous avons été accueillis à bras ouverts, ils espèrent qu'un texte sur leur organisme dans le journal saura réveiller les consciences et pousser les plus riches à contribuer financièrement.

Le directeur de l'établissement nous invite à le suivre pour une visite. Il parle avec entrain et semble passionné par le travail accompli. Il évoque les enfants résidents avec une certaine tendresse qui me ferait presque oublier la raison qui nous amène ici. Mais je sais comme la noirceur humaine peut se cacher derrière des sourires et des manières affables. Neil marche à ses côtés et lui pose diverses questions, comme la date d'inauguration de l'orphelinat, qui sont les contributeurs, s'ils sont en partenariat avec le couvent du Bon Secours non loin de là… Il note les réponses dans un calepin, puis promène son regard partout où l'on se déplace et poursuit ses interrogations.

Derrière, ma sœur reste silencieuse et pensive. Depuis notre visite chez la jeune femme, elle n'a pas desserré la mâchoire pour parler. Son comportement m'intrigue. Je tente à plusieurs reprises d'engager la conversation, mais chaque fois, Aylin se dérobe.

Alors que Neil et le directeur évoquent les liens entretenus avec la mère supérieure McCauley, je m'approche et demande en chuchotant à ma sœur :

— Tu m'expliques ce qui se passe depuis notre rencontre avec Madenn ?

Elle grimace et répond :

— Je ne suis pas sûre, Jack. Juste une sensation bizarre, ce n'est probablement rien du tout.

Devant mon air insistant, elle soupire puis reprend :

— J'ai eu la sensation qu'elle avait peur. Pas de nous, ni même de l'orphelinat qu'elle venait d'évoquer... mais d'autre chose, d'autres personnes. Bref, j'ai eu la sensation qu'elle ne nous disait pas toute la vérité.

— Mais tu as l'air de...

Elle ne me laisse pas finir, trottine jusqu'aux deux hommes devant nous et leur demande :

— Est-il possible de rencontrer les enfants ?

— Je ne sais pas si c'est une bonne idée, je ne voudrais pas que cela les perturbe inutilement. Comprenez que lorsqu'ils voient des adultes étrangers venir ici, ils espèrent toujours être adoptés, explique le directeur mal à l'aise.

Durant quelques minutes, je me noie dans mes pensées, oubliant de suivre la conversation qui se déroule devant moi. Je sens ma tête alourdie et une douleur cuisante se réveiller. Tout mon côté droit semble se comprimer, et je sens même les battements de mon cœur battre la cadence contre ma tempe. Cligner des yeux, sourire, autant d'expressions faciales qui enclenchent des étirements et des douleurs. La fatigue, sûrement, commence à agir et à rendre de moins en moins supportables les points de suture. Même la faible lumière de cette journée agresse ma vision et augmente ma migraine naissante.

Mon père m'avait prévenu de rester couché aujourd'hui, mais je ne peux rester inactif avec tout ce qui se passe autour de moi !

Est-ce en entendant les mots « fillette vagabonde » que je sors de ma torpeur ?

Ça me fait l'effet d'un électrochoc, lorsque je discerne le directeur demander :

— Vous me dites que vous habitez juste à côté de Galway ? Peut-être avez-vous entendu parler de cette fillette vagabonde qui a été retrouvée errante dans un village. De ce que j'ai entendu dire, personne ne sait d'où elle vient. Nous pensions justement prendre contact avec le responsable, l'enfant serait sûrement plus à sa place ici…

Oubliés les élancements de mon crâne, oubliée ma fatigue. Un sentiment plus primal prend place et éloigne tous les autres maux. Cela ressemble à de la colère, mais je crois qu'il s'agit surtout d'un instinct de protection.

Aylin jette un regard en arrière, vers moi, et répond avant que je ne puisse réagir :

— En effet, c'est notre père qui s'en occupe, il est médecin et pour le moment nous désirons la garder. Elle se sent en confiance auprès de nous, et mon père peut donc l'aider à guérir dans les meilleures conditions.

Elle laisse ensuite Neil prendre sa place et continuer de discuter avec le directeur.

— Ça va aller, Jack ?

— Bien sûr ! Pourquoi tu me poses une telle question, Aylin ?!

— Je ne sais pas (ma sœur fait mine de réfléchir puis répond), peut-être parce que tu regardes le directeur comme un prédateur regarde sa proie avant de la dévorer !

Je soupire, puis rétorque :

— Ne t'inquiète pas pour moi, je vais bien, juste ma tête qui me lance un peu. En attendant, si on veut trouver des éléments concrets, il va falloir s'éloigner de notre guide !

Elle réfléchit un instant puis se penche vers moi en murmurant :

— On est passés devant une salle avec une pancarte « Archives », avant de parler d'Eire. S'il y a bien un trafic d'enfants qui s'organise ici, il y en aura des traces là-bas.

— Excellente idée !

Je dévisage ma sœur, elle a bien grandi depuis mon dernier voyage et j'en prends conscience seulement maintenant. Entre ses amitiés avec un journaliste plus âgé et ses réflexions, je dois prendre garde à ne pas me laisser déborder !

Il est donc temps d'agir. Je laisse le soin à Aylin de faire diversion et cacher mon départ, tandis que je m'éclipse pour rejoindre en catimini ladite porte. J'attends de voir les trois comparses disparaitre dans un tournant puis je tente d'ouvrir. Sans surprise, la porte est fermée à clé.

Accroupi, je vérifie à plusieurs reprises que personne ne s'engage dans le corridor, puis j'attrape mon nécessaire dans ma poche. Je commence, à l'aide d'une pince et d'un crochet, à forcer la serrure. Voilà une compétence que j'ai acquise grâce à mon frère. Entre les combats de boxe auxquels nous nous rendions plus jeunes et ça, Liam a su m'apprendre des techniques utiles ! Mes mains étant aussi agiles que celles de notre père, mon frère m'emmenait durant certaines de ses actions pour l'IRA.

Le temps me semble long, c'est étonnant comme les secondes s'étirent dans certaines circonstances. Une question de relativité, j'imagine. Tellement concentré, j'en oublie d'écouter ce qui se passe autour de moi, obnubilé par le mécanisme que j'essaie de crocheter. Heureusement, personne ne vient et j'entends enfin le clic sonore espéré, m'apprenant que la serrure a enfin cédé.

J'actionne de nouveau la poignée, entre, puis referme la porte sans bruit.

La pièce est étroite, à peine six mètres carrés, et une minuscule lucarne laisse entrer de ridicules rayons de lumière, juste assez pour me permettre de fureter sans trop de difficulté. Au centre se trouve un bureau, petit lui aussi, à l'image de la pièce, mais entièrement nu sans aucun objet posé dessus. Au contraire, chaque mètre carré de mur est habillé de rangements et tiroirs en tous genres où s'entassent des papiers et dossiers. Je m'inquiète aussitôt en maudissant toute cette paperasse et craignant de n'en venir jamais à bout. Mais celui ou celle, chargé de l'endroit, se montre organisé, et une petite note de légende explique le contenu de chaque étagère.

Je m'arme donc de patience et commence mon investigation.

Un pan de mur est attribué aux dossiers des résidents qui ont vécu à l'orphelinat, rangés par année d'arrivée et ordre alphabétique. Un autre mur m'intéresse, car il est noté « archives », mais je n'y trouve que des dossiers de fournitures et des demandes de financements. Je remarque le nom du couvent de Tuam apparaitre ici et là. Je note l'information dans un coin de mon esprit, mais sans rien de concret à rattacher à Eire ou à l'histoire de Madenn, je poursuis ma recherche.

Les minutes défilent et la pression se fait sentir. Le directeur finira bien par remarquer mon absence. Ni Aylin ni O'Brien ne pourront expliquer ma présence ici !

Soudain, j'entends des bruits de pas dans le couloir, je me fige. Des voix me parviennent ; elles sont juste devant la porte. Alors, sans échappatoire dans cette pièce aux dimensions absurdes, je me dissimule derrière le bureau.

J'attends. Les voix de deux hommes continuent de résonner. S'ils restent devant cette maudite porte, c'est bien que l'un d'eux cherchera à entrer, n'est-ce pas ?!

Pourtant, j'attends toujours et rien ne vient, puis les voix s'éloignent, accompagnées de pas. Je reste néanmoins assis au sol, peu rassuré. Puis je remarque un tiroir du bureau mal fermé d'où des feuilles s'échappent. Sans conviction, j'ouvre le casier et sors le contenu. Quelques feuilles de comptes avec des encadrés barrés, cela me parait étrange d'ailleurs. Et dessous, un carnet épais annoté « EU ».

Je devrais partir et rejoindre les autres, mais je feuillette le contenu de l'ouvrage. Au départ, je n'y comprends pas grand-chose, il y a beaucoup de nombres et les nombres n'ont jamais été mon point fort. Pourtant, tandis que mon regard glisse sur les rangées alignées où s'étale une fine calligraphie, je commence à comprendre l'étendue de l'horreur qui me fait face.

IV

19 H 30

Une pluie fine crache sur tout l'ouest de l'Irlande depuis le début de l'après-midi. Le timide soleil s'est camouflé derrière un rideau de nuages gris et, depuis une heure maintenant, le vent souffle. Je peux l'entendre ronfler dans le conduit de cheminée. L'ambiance morose ne m'atteint pourtant pas, j'ai passé le plus clair de ma journée avec Eire. J'ai gratouillé quelques accords sur ma guitare et elle a chantonné en cœur, puis elle a dessiné l'histoire que je lui avais racontée le jour de notre rencontre. Lorsque nous sommes ensemble, elle oublie sa peur. De mon côté, j'abandonne les mystères et les tracas pour retrouver une innocence longtemps perdue.

Le déni peut être salvateur, mais toujours de courte durée.

Ma trouvaille à l'orphelinat atteste le témoignage de Madenn. Un livre de comptes où s'étalent des codes, attribués à des noms d'enfants, et des nombres correspondants à des tarifs... Je suis écœuré par cette découverte.

Après notre départ de l'institut, Aylin et Neil ont décidé d'éplucher le carnet volé pour en apprendre davantage et dénicher des preuves tangibles. Pour ma part, savoir qu'Eire m'attendait à la maison m'a donné envie de rentrer et de laisser l'enquête à d'autres. Je suis d'ailleurs surpris par mon choix, je n'ai jamais refusé une bonne énigme. Est-ce cela, grandir ?

L'heure du midi a donc été calme. Mon père a préféré rester à son cabinet de Galway pour travailler, ma grand-mère a choisi de consolider son autorité sur le village et Liam en a profité pour vaquer à ses propres occupations dont j'ignore tout... Il n'y avait donc que ma mère, Eire et moi.

Je ne me souviens pas d'avoir vu un sourire si lumineux sur le visage de ma mère. D'aussi loin que je me souvienne, j'ai toujours perçu une sorte de mélancolie accrochée à la commissure de ses lèvres et un éclat triste au fond de son regard. Perdre un enfant doit laisser des stigmates irréversibles chez un parent. Mais aujourd'hui, je l'entends rire sans cette douce amertume habituelle, Eire à ce magnifique pouvoir de nous rendre notre candeur.

Vingt heures sonnent à l'horloge, mais nous l'entendons à peine, concentrés sur l'activité du moment. Eire est recroquevillée dans le fauteuil du salon, au côté de ma mère, et toutes deux écoutent la nouvelle histoire que je raconte. Un récit romanesque de mes aventures au manoir d'Ashford, simplifié pour l'oreille attentive d'Eire. J'y évoque un fantôme du passé venu dévoiler un secret qui affaiblit les liens au sein de la famille. Je parle de mon rôle dans cette histoire, après tout j'en suis le narrateur, mais aussi l'investigateur !

Soudain, des coups lourds et empressés sont tambourinés à la porte arrière de la maison.

Surpris par la saccade brutale, je me lève en grognant devant ce manque de courtoisie. Derrière moi, j'entends ma mère qui demande à Eire de l'aider à faire à manger, tandis que je disparais dans le bureau de mon père. Je n'ai même pas encore eu le temps d'arriver à la poignée qu'une nouvelle salve de coups éclate.

— *Bloody hell*, ça ne va pas de frapper comme ça ! Pas besoin de briser cette fichue porte…, je grommelle.

En ouvrant, je m'attends à voir mon frère aussi bourru qu'à son habitude, mais je me retrouve nez à nez avec le soi-disant inspecteur Kavanagh. À peine l'ai-je aperçu qu'aussitôt je me positionne dans une posture défensive, prêt à parer tous les coups de cet imposteur. Il me dévisage, dédaigneux puis réplique :

— Je ne suis pas venu me battre, Donegan, juste venu vous mettre en garde, vous et votre famille !

Un silence s'installe ensuite et nous nous fusillons du regard, chacun cherchant à faire baisser les yeux de l'autre. Son attitude agressive et conquérante gonfle encore davantage ma colère et je la sens imbiber toutes les fibres de mon corps. Lassé par ce tête-à-tête indésiré, je demande avec sarcasme :

— Que me vaut l'infâme plaisir de votre présence ?!

Il toussote, puis explique :

— J'ai appris que vous aviez rendu visite à la famille Walsh...

Il me faut quelques secondes pour comprendre de qui il parle. J'ignorais le nom de famille de Madenn, mais il ne peut parler que d'elle bien sûr. Pourtant, je préfère jouer l'ignorant :

— Walsh... Walsh... non désolé, ça ne m'évoque rien.

Je remarque que sa respiration s'accélère. Tant mieux, je l'agace !

— Théodore et Abby Walsh, vous êtes allé voir leur fille Madenn ce matin.

— Ah, oui en effet.

Il attend, espérant que je développe ma réponse, mais je préfère l'obliger à exprimer clairement ses intentions.

— Vous vous êtes donc rendu chez eux, sans leur accord, en compagnie de votre sœur et d'un étranger, c'est bien cela ?

J'esquisse un sourire.

— Oui, nous sommes passés la voir en compagnie d'un journaliste avec qui la jeune femme était en correspondance. Il n'y a rien de mal à cela. D'ailleurs, je réponds par simple courtoisie et parce que je n'ai rien à cacher, mais je n'apprécie pas d'être interrogé par un escroc qui se fait passer pour un inspecteur ! Vous avez une minute pour me dire ce que vous me voulez...

Il fronce les sourcils puis reprend en perdant patience :

— Vous vous croyez malin avec vos grands airs ! Parfait, je vais aller au plus court. Madenn Walsh, vous n'avez plus le droit de l'approcher, ni vous, ni votre sœur, ni ce journaliste, ni aucun autre membre de votre famille d'ailleurs. Tant que la vagabonde sera chez vous, vous prenez le risque de vous exposer, vous et ce village, à des répercussions néfastes. Si vous me la confiez maintenant, j'efface tout. Sinon, je vous ferai regretter de vous être dressé contre moi.

Baissant la voix, je me rapproche encore davantage de cet homme imposant et exécrable, puis réplique avec aigreur :

— Pensez-vous me faire peur avec vos vaines paroles et vos muscles bandés ?! Qu'est-ce qu'un homme seul comme vous pourrait faire contre nous ?

L'homme ricane :

— Seul ? Qui a dit que j'étais seul ?

— Ah, je me doutais que vous travailliez pour d'autres personnes, mais je voulais en avoir le cœur net. Alors, qui vous envoie ? L'orphelinat ?

L'espace d'un instant, je discerne de la surprise sur le visage de Kavanagh, puis il reprend son expression sérieuse :

— Tout ce qui vous importe de savoir, Monsieur Donegan, c'est que ceux qui m'envoient ont les moyens de vous faire plier. Il sera facile de rallier les habitants de ce patelin à notre cause et alors, vous et votre famille deviendrez des parias. Tout ça pourquoi ? Une gamine dont vous ignoriez l'existence il y a encore quelques jours ! Soyez sérieux.

Lorsqu'il parle du village et de son allégeance, j'ai soudain un doute. Après une courte hésitation, je questionne durement :

— C'était vous, n'est-ce pas ?! Vous avez mis au point cette risible pantalonnade dont nous avons été témoins la nuit dernière !

Devant l'air ahuri de Kavanagh, je poursuis :

— La silhouette immense et coiffée de cornes qui a hanté notre village, harcelant les habitants ayant des enfants… juste pour les remonter contre Eire ?! Vous devriez avoir honte ! Pensez-vous que ma famille et moi-même nous laisserons abuser par une crapule dans votre genre ?! Disparaissez de chez nous, vous n'êtes pas le bienvenu. La gamine, comme vous dites, fait désormais partie de cette famille et personne ne l'enlèvera !

Je le vois hésiter sur le pas de la porte. S'interroge-t-il sur la possibilité de foncer pour prendre Eire de force ? Son doute semble s'estomper, il recule et grimace avant de clamer :

— J'ai essayé de vous prévenir, Donegan. Vous allez le regretter !

Puis, il tourne les talons et s'évanouit sous le rideau de pluie.

Mes poings se contractent et je sens mes ongles s'enfoncer dans la paume de mes mains. Je tremble, j'ai beau essayer de m'en empêcher, mon corps ne me répond plus et il frémit sous l'excès de fureur intense. Durant d'incroyables secondes, je n'ai plus d'inquiétude ni de doute. En moi rugit une tempête d'excitation. La colère semble me donner des ailes !

Mais l'instant s'efface bien vite, ma mère entre à son tour dans le bureau et me demande avec innocence :

— Alors, qui a pu toquer à cette porte et non à la porte d'entrée ?

— Mauvaise maison, la personne s'est trompée.

Mentir reste plus facile. Je n'ai pas envie de me lancer dans des explications longues et alambiquées. L'agitation dans mon esprit m'intime l'ordre de courir au plus loin, au plus vite, en criant. Je ne laisse pas cours à cette pulsion, je demeure stoïque, mais je ne peux pas parler, de peur de laisser transparaitre les turbulences émotionnelles auxquelles je fais face.

Hélas, la porte d'entrée s'ouvre avec fracas et j'entends tonner dans le couloir :

— OÙ EST JACK ?!

V

20 H 15

Liam, essoufflé, pénètre avec fracas dans le salon en m'appelant. Le ton impétueux de sa voix ne laisse rien présager de bon. Je me sens soudain bien petit et souhaite, comme un gamin apeuré, détenir le pouvoir de disparaitre. Au lieu de me terrer dans mon coin, je soupire et suis ma mère pour rejoindre la pièce commune.

Un regard noir m'affronte, à peine arrivé dans la pièce.

— Qu'est-ce que tu as encore fait ?! m'apostrophe Liam avec aigreur.

Je le dévisage, surpris, et sans trouver quoi rétorquer. Ma mère prend donc la parole et désamorce la crise émotionnelle de mon frère.

— De quoi parles-tu, Liam ? Jack est resté avec nous toute la journée. Il y a juste ce matin où il est parti avec Aylin et un journaliste visiter un orphelinat, mais voilà tout.

L'aîné des Donegan ne semble pas attendri par la réponse de notre mère et s'avance vers moi, déterminé.

— Tu veux tous nous faire lyncher, c'est ça ?! Depuis que tu es gosse, tu ne nous apportes que des emmerdes et là tu recommences ! Au moins quand tu étais en Angleterre, on était tranquilles, débarrassés…

Ma mère pousse un petit cri d'effroi. Eire, qui nous a rejoints dans le salon, scrute mon frère, puis moi-même, dans une totale incompréhension. De mon côté, je sens naître dans ma gorge un nœud qui entrave ma déglutition. Mon cœur cesse de battre durant quelques secondes et une douleur le comprime dans ma poitrine ; ça doit être cela qu'on éprouve lorsque notre terreur d'enfant prend vie et s'étale devant nos yeux. Être rejeté par notre famille, celle-là même qui devrait nous aimer sans réserve… je peine à retrouver mon souffle.

Tandis que je subis le courroux de mon frère, dehors, le temps se dégrade, et j'entends tinter le tonnerre. Un écho lugubre, accompagné par la pluie, de plus en plus forte, battant contre les fenêtres.

Liam de son côté ne s'arrête pas et poursuit sa tirade haineuse :

— Tu es une plaie, Jack, une plaie dans notre existence dont on ne peut se débarrasser. J'en peux plus de prendre des pincettes avec toi !

Mon visage reste fermé malgré la remontrance et ne montre aucune expression. Je crois d'ailleurs que ma « non réaction » anime encore davantage la colère de Liam, mais je refuse de lui montrer combien ses mots me blessent au plus profond de moi-même. Lorsque je sens que ma voix ne risque pas de défaillir sous l'émotion, j'arrive enfin à articuler :

— Je comprends que je suis un fardeau et ne t'inquiète pas, je ne continuerai pas à t'imposer ma présence si elle n'est pas souhaitée. Je partirai plus vite que tu ne le crois ! Par contre, tu peux m'expliquer ce qui te prend aujourd'hui ?!

— Un homme se balade au village depuis ce matin, médisant sur ton compte. Il parle de tes arrangements politiques et de ta traîtrise envers l'Irlande. J'ai dû empêcher les gars de venir te trouver eux-mêmes ! Tout le village est d'accord pour dire qu'Eire est l'instigatrice des apparitions d'hier soir pour tourmenter le village. Je sais qu'ils agissent par superstition, mais cela ne change rien ! Toi et la gamine, vous êtes perçus comme des parias, et il en est de même pour quiconque vous vient en aide. Alors je te le demande de nouveau, Jack, qu'est-ce que tu as encore fait ?!

Après les explications de mon frère, j'ai comme une idée de qui pourrait avoir colporté de telles paroles à mon encontre. Il s'agit en effet d'un bon moyen de pression pour me faire céder !

J'ouvre la bouche pour expliquer ce qu'il se passe avec cet homme que je pense être Kavanagh, et nos découvertes à l'orphelinat, mais je suis coupé dans mon élan par un coup de tonnerre plus féroce dont l'éclat résonne dans tous les recoins de la maison. Il n'est pas encore tard, pourtant la lumière extérieure a déserté et une obscurité charbonneuse l'a remplacée. Puis, encore une onde rauque qui se déchaîne dans le ciel, et je perçois du coin de l'œil, à travers la fenêtre, des lueurs spectrales briller au loin, droit dans la forêt.

Je m'avance, comme obnubilé par ces lumières étranges et miroitantes dont je ne perçois pas l'origine. Elles me semblent tellement en dehors de la réalité ! Un faisceau de feu scindant l'air vient soudain en créer une nouvelle, et un champ d'étincelles encercle le village. On dirait une horde de feux-follets attendant la suite des festivités.

Justement, à peine cette pensée s'est-elle formée dans mon esprit qu'un grondement résonne de nouveau, semblable au tonnerre, je comprends néanmoins qu'il n'en est rien. Ce n'est pas l'orage que nous pensions entendre jusque-là, mais un écho bien différent.

Derrière moi, j'entends un gémissement, je me retourne aussitôt et remarque Eire, frissonnante, les larmes aux yeux.

— Mais qu'est-ce qui se passe ? demande ma mère avec inquiétude.

Je serais bien en peine de lui répondre, ignorant moi-même ce qui se trame à l'extérieur. Liam intervient alors :

— Gardons notre calme, c'est sûrement un feu qui s'est déclenché dans le bois, avec les fortes chaleurs des derniers jours, ça se comprend.

Pourtant, il n'y croit pas vraiment. Il poursuit en regardant ma mère avec autorité :

— Monte à l'étage avec la petite, je vais voir ce qui se passe dehors.

Je m'avance pour l'accompagner, mais il me retient :

— Tu penses aller où comme ça ?! Tu ne viens pas, Jack.

Je n'ai pas le temps de m'offusquer que, dehors, une cavalcade résonne sous les cris. Cette fois, je ne lui laisse pas le temps de me repousser, et nous nous jetons à l'extérieur.

Tout n'est que chaos. La brume et les nuages sombres dans le ciel occultent notre vision, et nous ne pouvons percevoir que des ombres nébuleuses se mouvoir autour de nous. Par contre, un véritable capharnaüm règne. La pluie tambourine contre le toit des maisons, un étonnant son de chevaux au galop me parvient, le tout enveloppé par l'agitation de nos voisins : entre clameur terrifiée et bruit de pas étouffé par le sol meuble. On nous bouscule, certains tombent à terre, englués dans la boue ; le village s'est transformé en débâcle.

Tant bien que mal, je suis mon frère qui arrive à se frayer un chemin dans ce désordre. Nous tentons par tous les moyens de rejoindre l'endroit où nous avons aperçu des lumières. Il prend à gauche et se dirige vers l'extrémité nord-ouest du village, arrivant à la lisière de la forêt. Je le talonne avec difficulté, quelque peu balloté, mais parviens à ne pas me laisser distancer.

Soudain, j'entends frapper contre le sol, des bruits lourds et rapprochés, ceux d'une chevauchée ! Je redresse la tête vers la droite et je vois surgir à travers le brouillard opaque un cortège de chevaux poussés au galop. Sans aucune hésitation, je bondis en avant, attrape mon frère par l'épaule et le bouscule. Nous effectuons un roulé-boulé sur le sol trempé au moment même où les équidés piétinent l'endroit où se trouvait Liam.

Pas le temps de reprendre notre souffle, nous nous redressons comme un seul homme et nous cherchons comment venir à bout de ce tumulte. Puis un éclair fend l'horizon, et nous découvrons, ahuris, la silhouette à tête de cerf se dresser au milieu des arbres. Son apparition précède un hurlement, et je l'entends aboyer des mots. D'abord, je ne comprends pas ce que la silhouette proclame. Est-ce dans une autre langue ? Celle des fées ? Ou bien simplement le bruit ambiant qui atténue l'étrange parole ?

Puis l'horreur envahit chaque parcelle de mon corps lorsque je perçois enfin les mots prononcés :

— EIRE !

CINQUIÈME PARTIE
UN SIMPLE CHAOS POUR CE CINQUIÈME JOUR
LUNDI 12 AOÛT 1929
I

7 H

La parole était si inattendue que je suis resté prostré, incapable de bouger malgré mon frère qui me poussait. La nuit chaotique a poursuivi son œuvre, entre apparition inquiétante et chevaux agités. De mon côté, j'étais trop affligé pour me rebeller contre cette étonnante attaque. Un tourment qui, comme la nuit précédente, me laissait songeur.

Ce prénom crié à l'adresse des intempéries, porté par le vent... Cette nuit, j'ai souhaité qu'il s'agisse d'un simple cauchemar... Ça ne l'était pas.

J'ai voulu courir après l'apparition, mais je n'en ai trouvé aucune trace. Le brouillard opaque a dissimulé sa sortie, et Liam m'a alors entrainé dans le village. Il y avait tant à faire.

Personne n'a dormi. Après plusieurs heures sous le feu d'un spectacle sinistre, il a fallu aider les blessés, ranger le désordre et surtout rassurer les inquiets. Le troupeau de chevaux lancés au galop dans le village avait semé la confusion. Il fallait maintenant retrouver les pauvres animaux et remettre de l'ordre dans le hameau.

Liam a été parfait dans cet exercice. Pour ma part, je le suivais sans trop intervenir. Mon cerveau restait comme déconnecté du présent, focalisé sur l'impression de combattre un monstre à plusieurs visages.

Je me suis ensuite isolé alors que le soleil commençait enfin à étirer ses rayons lumineux sur le village. Je me suis réfugié dans la chambre prêtée à Eire, elle dort toujours d'ailleurs et depuis, je me laisse bercer par sa respiration calme. J'écris pour tenter de contenir le tumulte de mes pensées, mais une seule inquiétude persiste, celle de ne pouvoir protéger la fillette qui dort paisiblement à côté.

La protéger de qui, et pourquoi ?

Elle remue dans le lit, puis se tourne, et je crois percevoir un sourire aux coins de ses lèvres. La fillette me ramène à mon enfance. D'une certaine manière, je me vois en elle et je crois apercevoir mon frère jumeau. J'ai peu de souvenirs de lui, j'avais cinq ans au moment du drame, suffisamment vieux pour être traumatisé, mais trop jeune pour tout comprendre.

Je n'ai pas pu sauver Lewis, mais je trouverai le moyen de l'aider, elle !

Au loin, j'entends mon père et Liam qui rentrent, tandis que ma mère les interroge sur les dégâts. Mon frère s'est occupé de réparer et ranger, mon père de soigner. À eux deux, ils sont des éléments importants de notre communauté.

Avec lassitude, je me lève de mon siège. Je jette un dernier coup d'œil à Eire avant de partir, puis je prends la direction du salon. Mes pieds trainent sur le parquet ; quelque peu affecté par la scène que j'anticipe. La nouvelle mascarade jouée cette nuit risque de plonger ma famille dans le trouble et les mots de Liam hier harcèlent mon crâne. Je porte la faute en moi, je suis le responsable et je devrais partir…

La crainte doit être inscrite sur mon visage. Je le sens tiré et prêt à se décomposer.

J'arrive dans le salon, ma famille au complet est disséminée dans la pièce et discute. Mon père pose ses affaires dans un coin, rejoint par ma mère qui l'aide. Ma grand-mère et Aylin sont assises dans le canapé et Liam vient de s'effondrer dans le fauteuil. Je les regarde, puis baisse les yeux et j'attends les remontrances, les accusations, j'attends peut-être même le coup de poing que Liam rêve d'abattre sur moi. J'attends, mais rien ne vient. Tout le monde s'est tu.

Puis, je perçois un bruit de vêtement frotté, comme si une personne se levait, ça vient de ma gauche, là où Liam était installé. Alors je serre les dents, comptant les secondes qui me séparent de la douleur. Mais c'est une étreinte fugace que je reçois et un mot murmuré à mon oreille :

— Merci !

À peine ai-je relevé la tête que déjà Liam est retourné s'asseoir, me laissant dans l'embarras. J'avais imaginé bien des choses, mais certes pas ça ! Lui sauver la peau face aux chevaux cette nuit a dû apaiser son humeur envers moi.

La discussion reprend donc, comme si de rien n'était.

— Le livre de comptes trouvé à l'orphelinat laisse Neil songeur, explique Aylin. Il pense qu'il y a un problème. Il a aussi regroupé plusieurs informations concernant l'institution et souhaitait nous les confier pour avoir notre avis. Tu verras, il a laissé quelques notes.

Elle me regarde en disant cela et j'acquiesce, heureux de pouvoir me rendre utile. Elle me tend alors le carnet que je récupère et y jette de rapides coups d'œil.

— D'ailleurs, j'étais encore avec lui quand tout est arrivé hier soir, reprend ma sœur, tout ce chaos… il a pris beaucoup de notes pour déterminer qui en viendrait à de telles extrémités et pour quelle raison, mais pour le moment, il n'a aucune hypothèse. La mise en scène est si irrationnelle…

Ma grand-mère se racle la gorge et poursuit :

— Il peut s'agir d'une apparition d'un tout autre genre et alors nous n'aurons guère le choix.

— Deirdre, plutôt que de parler magie et enchantement, nous devons rester pragmatiques ! enchérit mon père.

Avec un sourire énigmatique aux lèvres, ma grand-mère rétorque avec panache :

— Tu évoques les humains par crainte, je préfère garder l'esprit ouvert et accepter les fées et ce que l'invisible nous cache. La silhouette cornue, les marques sur les portes et la cavalcade auxquelles nous avons eu droit hier soir… Je connais mon domaine et, ici, nous nageons au cœur du mystique.

Je remarque mon père, prêt à rétorquer, mais il est coupé dans son élan par des coups lourds frappés contre la porte d'entrer.

— Qu'est-ce qu'il peut bien se passer encore ?! lâche Liam avec rancœur.

Dans un grognement, il se lève tout de même et je le suis du regard jusqu'à ce qu'il arrive dans le vestibule pour ouvrir la porte. Aussitôt, un brouhaha assourdissant envahit notre maison. Une marée humaine s'agglutine sur le perron scandant des mots et des phrases que je peine à discerner.

Sans nous concerter, nous choisissons tous de rejoindre mon frère et de faire face aux habitants du village amassés, une expression de colère déformant leurs visages.

— Donnez-nous l'enfant, qu'on la jette dans la forêt, renvoyons cette créature auprès des siens ! s'époumone Orla en passant son regard de mon père à ma grand-mère.

— Oui, débarrassez-nous d'elle ! enchérissent les autres, derrière.

Chacun crache sa hargne avec aigreur. Leurs pupilles vacillant sous l'effet de la fatigue et de leur courroux, cela apporte une folie à leur apparence. Je pourrais presque en rire si je n'étais pas si apeuré par leur démarche.

— LA CHASSE SAUVAGE[10]..., clament certains habitants.
— LE DULLAHAN[11]..., martèlent les autres.

Chacun a donc sa vision de ce qu'il s'est passé hier. Une armée de fées déferlant sur le monde des vivants à dos de canassons pour certains, une fée solitaire aux yeux de démon venue emporter de nouvelles victimes pour d'autres...

Je m'avance jusqu'à l'embrasure de la porte pour tenter de les calmer :

— S'il vous plait, ne laissez pas libre cours à vos superstitions et évitons tout agissement qui pourrait se révéler fatal. Vous ne pouvez décemment pas venir chercher une fillette pour l'abandonner dans les bois, il s'agit d'un crime !

Je crains d'avoir envenimé les choses. Mon discours semble galvaniser la masse humaine compacte qui crie en réponse.

Mon frère se dresse devant moi pour faire tampon et empêcher les gens d'entrer. Orla réussit pourtant à s'avancer et elle proclame d'une voix plus aigüe qu'à l'accoutumée :

— La *changeling* doit disparaitre... et celui qui l'a fait venir aussi !

Sous ses mots, la foule rugit, et des jets de pierres fusent sur moi. L'une d'elles percute ma blessure pas encore cicatrisée. Sur l'instant, je ne sens pas la douleur, juste la sensation d'un bouton de manchette qu'on enlève. Puis je perçois un liquide chaud couler sur ma tempe et ma joue : du sang. Et je comprends que mes points de suture viennent de

---

[10] La chasse fantastique ou chasse sauvage est un mythe populaire impliquant un groupe surnaturel de fées ou de morts, parti en chasse.

[11] Le Dullahan est un type de fée solitaire. Il est aperçu voyageant sur un cheval noir, et lorsqu'il s'arrête, quelqu'un doit mourir.

sauter. Ma mère se précipite vers moi en criant. Découvrir son angoisse dans son regard, c'est la seconde où l'affliction me submerge enfin.

Je vacille. Ma tête bourdonne avec tant d'intensité que je n'entends plus personne. Je vois les habitants toujours vociférer, leurs bouches écartées dans une grimace de dégoût. Je remarque mes parents qui me retiennent de tomber, et leurs lèvres qui bougent pour me parler. Mais l'unique son qui me parvient demeure cet acouphène insupportable.

Les bords de ma vision noircissent et se rétractent, je risque de sombrer dans l'inconscience, alors je fixe mes yeux sur Liam, toujours à la porte. Je le vois cogner un homme et pousser les autres. Seul face au village.

Mes parents me portent en arrière pour m'éloigner du grabuge, j'ignore où sont ma sœur et ma grand-mère. Ma vue se brouille encore davantage, et je sens la nausée remonter la bile dans ma gorge. Je vais m'évanouir, ou vomir, ou les deux…

Une petite silhouette floue émerge pourtant juste devant moi. Il m'est difficile de discerner les contours de son visage, mais je reconnais tout de même la tignasse rousse d'Eire.

Je ne veux pas qu'elle me voie comme ça ! Je ne veux pas qu'elle ait peur, qu'elle s'inquiète… Elle est trop jeune, trop innocente pour supporter de telles horreurs.

Malgré mes vertiges, je me redresse et tente un sourire :

— Ce n'est rien, Eire, je me suis bêtement cogné et j'ai ouvert ma blessure, mais ça va !

J'ignore comment j'ai trouvé la force de parler sans rendre mon repas !

Mon père m'éloigne dans son bureau et, après m'avoir administré un anti-douleur, commence son ouvrage : enlever le fil pour recoudre proprement. Je reste éveillé durant l'opération et demande même à récupérer le cahier de comptes prêté par ma sœur un peu plus tôt pour permettre à mon esprit d'être concentré sur autre chose que la douleur.

Cela fonctionne assez bien, et rapidement j'oublie mon père et l'aiguille qui s'enfonce dans ma chair.

Mon regard passe de nombre en nombre, de page en page et je parcours même les feuilles volantes remplies de notes ajoutées par le journaliste. Dans un cri, je me lève soudain, tremblant.

— J'ai trouvé ! J'ai trouvé la vérité du livre de comptes…

11

8 H 45

Cela devait faire une trentaine de minutes que mon père travaillait sur ma blessure, désinfectant et essayant de recoudre proprement la plaie. De mon côté, j'étais plongé dans la lecture du carnet. Je n'ai pas vu le temps passer, je n'ai pas senti la douleur de l'aiguille entrer dans ma chair pour en ressortir, j'étais trop absorbé par les lignes écrites dans une calligraphie parfaite. Mon cœur battait de plus en plus fort au fur et à mesure de la démangeaison de l'aiguille et du fil pénétrant ma peau, mais surtout à cause de l'excitation qui me submergeait en lisant les notes manuscrites. Tellement obnubilé par les chiffres et les nombres, mais aussi par certains mots qui m'ont paru déplacés dans le contexte d'un orphelinat. Je comprenais que Neil O'Brien ait trouvé l'objet des plus insolites et ait eu du mal à en interpréter la signification. On nous avait menti !

Alors me voilà dressé, tenant le carnet en l'air. Face à moi, mon père surpris par mon action inconsidérée et le reste de ma famille qui se précipite dans la pièce après m'avoir entendu clamer :

— J'ai trouvé ! J'ai trouvé la vérité du livre de comptes...

Ils me dévisagent tous et je lis de l'inquiétude dans leur regard, une inquiétude que je ne comprends pas tout de suite. Puis, je remarque mon père qui tente de récupérer une chose près de mon visage : l'aiguille qui pendouille par le fil toujours accroché à ma blessure. Il n'avait pas fini la suture.

Je trouverais ça presque comique comme situation, si je n'étais pas aussi galvanisé par ma découverte.

— J'ai trouvé, tout est là ! On nous a trompés.

— Très bien, Jack, répond ma mère en s'approchant, mais laisse ton père finir de te recoudre, tu veux bien ?

J'acquiesce, bien sûr, et me rassieds.

Alors que mon père se remet à l'ouvrage, ma sœur m'interroge d'une voix excitée :

— Qu'as-tu découvert ? Neil et moi, on a passé la journée d'hier à tenter de trouver de quoi incriminer les responsables de l'orphelinat pour le commerce horrible qu'ils font, mais le livre ne mentionne jamais l'institution, ils ont été très méticuleux ! Neil a bien trouvé des transactions étranges, il les a notées, je crois…

— Tu as raison, Aylin, ils ont été méticuleux, enfin plutôt « elles » ont été méticuleuses ! Ce sont les notes de Neil qui m'ont aidé à réaliser.

Elle me regarde sans comprendre et, laissant mon excitation prendre le dessus, je poursuis dans un sourire :

— Déjà, c'est bien malin, les transactions ne sont pas faites directement avec de l'argent. Comme l'a trouvé Neil, les transactions sont menées à travers des donations ! Efficace et surtout légal ! Et je comprends que lui et toi ayez trouvé ça atypique, puisqu'on parle d'entretien du cloître et ici, d'achat de calices et ciboires. Ce ne sont pas des fournitures pour un orphelinat.

Je jette un œil à ma famille toujours présente autour de moi pour vérifier l'impact de mes mots, puis je reprends :

— Il y a aussi une référence géographique, la plaine de Tuam. Je rappelle que l'orphelinat est positionné en contre bas de la ville ! Et bien sûr, il y a cette signature avec les initiales « MC »…

Mon frère, toujours pragmatique, fronce les sourcils :

— Le domaine est situé à l'embouchure de Glashroe en grimpant sur les hauteurs de Tuam, et « MC » pourrait faire référence à McCauley Constance, la mère supérieure… dit-il lentement pour vérifier dans sa tête la logique de ses propres mots.

— Exact !

Je tourne ensuite ma tête vers ma sœur :

— Si je prends votre trouvaille à toi et Neil sur les donations spécifiques à la vie monastique et que j'ajoute l'emplacement géographique et la signature, il devient évident que ce livre appartient au couvent !

Aylin fronce les sourcils.

— Je ne comprends pas, Jack. Pourquoi a-t-on trouvé le livre de comptes du couvent dans les archives de l'orphelinat, ils travaillent ensemble dans l'affaire ?

— Ici, je n'ai aucune certitude, mais je m'interroge sur la réelle implication de l'orphelinat. En fait, nous sommes allés les voir après que Madenn Walsh nous en a parlé… et cela nous a éloignés de nos suspicions concernant le couvent justement.

Effarée, ma sœur se redresse d'un bond :

— Tu penses qu'elle nous a menti ! Je sentais bien qu'il y avait quelque chose de louche chez elle, mais je n'arrivais pas à l'identifier…

— Et ton instinct avait sûrement raison, Aylin ! je réponds avec empressement.

— Mais pourquoi vous raconter cette histoire ? Ne voulait-elle pas arrêter les vrais coupables ? demande ma mère.

— Quelqu'un l'en a peut-être empêché ? je réponds en imaginant facilement l'énergumène qui se prénomme Kavanagh venir harceler cette pauvre fille pour la faire taire.

C'est assez agréable de pouvoir discuter de l'affaire avec ma famille sans que personne soit sceptique ou enclin à juger mon implication. Je pourrais prendre goût à cette complicité qui s'installe. Chacun d'eux s'accorde pour qu'un nouvel entretien avec la jeune femme soit organisé et que nous puissions comprendre réellement ce qui se trame. Même mon frère et ma grand-mère, les plus réticents au sujet d'Eire, approuvent. La famille Donegan, unie dans une affaire de trafic d'enfants... c'est à la fois glaçant et exaltant !

Une petite confrontation, voilà notre idée ! Aylin et Neil vont m'accompagner. Liam pense judicieux de rester au cas où la mère Sullivan tenterait de nouveau de venir en compagnie d'autres habitants. J'avoue être rassuré à cette idée, je préfère savoir Eire avec tout le soutien nécessaire. Plus le temps avance, moins je souhaite la laisser seule, mais je sens que l'affaire se complique et trouver le ou les responsables devient urgent. Je suis acculé par le village dont la témérité se fait gênante et si je veux éviter un drame, il me faut me démener au plus vite.

Avant de partir, je fais une rapide halte dans la chambre d'Eire. Je reste un instant sur le pas de la porte à l'observer. Aylin lui a prêté d'anciennes poupées de chiffon qui lui appartenaient. Eire les fait donc voler en imaginant des petites fées et babille joyeusement. Lorsqu'elle m'aperçoit, elle se lève aussitôt et se jette dans mes bras.

— Ça va mieux ? demande-t-elle de sa petite voix.

Je souris, car face à cette frimousse si pétillante, toute inquiétude me déserte.

— Aussi frais que le poisson mangé hier !

Elle rit et alors mon corps se détend. Ma mâchoire se décontracte, mes muscles se délassent, et je sens que tout ira bien.

Aylin m'appelle dans le couloir, je me penche pour embrasser Eire sur le front et je lui promets de rentrer vite.

Durant quelques secondes, nous nous regardons droit dans les yeux. Son regard pétille, j'y lis sa confiance en moi.

Je rejoins enfin ma sœur qui m'attend dehors en compagnie du journaliste et de sa berline trop petite pour son immense silhouette. Sur la route, Aylin explique ma théorie à Neil qui s'exclame :

— Impressionnant, Jack, vous avez l'étoffe d'un journaliste ! Êtes-vous sûr de vouloir poursuivre vos études dans le droit ?

— Ce n'est pas vraiment une question de choix, puisqu'on me paie des études pour devenir avocat !

Je tente de conserver un ton léger, mais plus l'été avance, plus je sens qu'il va me falloir avoir une conversation avant la rentrée avec sir Edward Lewis Wilson, mon distingué grand-père, et voilà bien une situation que je rêve d'éviter...

Je n'ai pas le temps de poursuivre mes réflexions ni de me tracasser au sujet d'Eire, nous arrivons enfin devant la maison de Madenn et toute mon énergie s'amoncelle pour se fixer sur la nécessité d'extorquer la vérité. Je ne partirai pas de cet endroit sans les réponses dont j'ai besoin pour aider Eire, qu'importe la richesse de cette famille, rien ne justifie de couvrir de tels crimes.

Comme la dernière fois, le majordome nous accueille et malgré ses réticences, il concède à nous laisser entrer. Installés dans le salon, nous attendons la jeune femme, mais après moins de cinq minutes, un homme et une femme d'une cinquantaine d'années pénètrent dans la salle.

Une attitude hautaine transparait dans leur démarche raide et sur leur visage une sévérité. La femme conserve une mine pincée, nez froncé comme si une horripilante odeur lui chatouillait les narines, quant à l'homme, ses larges sourcils ébouriffés et clairsemés de blanc demeurent froncés. Une veine palpite d'ailleurs sur sa tempe gauche, on peut déjà comprendre qu'aucun d'eux n'est ravi de nous voir.

— Mr Théodore et Mrs Abby Walsh, je présume ?! demande Neil.

Il les salue, mais les parents de Madenn ne lui rendent pas son geste de politesse. Il conserve néanmoins un sourire sur son visage et poursuit :

— La dernière fois que nous sommes venus, nous vous avons manqués, je suis ravi de pouvoir vous rencontrer. J'ai quelques questions, voyez-vous, et...

— Vous n'auriez pas dû rencontrer notre fille sans nous, et votre démarche aujourd'hui est parfaitement déplacée ! Pour qui vous prenez-vous ?! Vous, un vulgaire chercheur de ragots. Vous devriez faire attention, notre famille a des amis haut placés, fulmine le père.

La mère de son côté prend un ton plus posé, mais tout aussi catégorique :

— Madenn a toujours eu une imagination débordante. J'ignore sous quel prétexte elle vous a fait venir dans notre demeure, mais sachez que rien n'est vrai.

Je me permets alors d'interférer avec une certaine véhémence, trouvant leur tentative de déni des plus agaçantes :

— Vous ignorez ce qu'elle nous a dit, pourtant vous êtes sûrs qu'elle ment ? Étrange ! De mon côté, Mr et Mrs Walsh, je n'ai qu'une seule question : avez-vous fait une donation au couvent du Bon Secours ?

— Ça n'est pas interdit que je sache ! Et d'ailleurs, qui êtes-vous jeune homme pour me parler ainsi ?! rétorque le père.

— Je m'appelle Jack Donegan et je pense que les amis haut placés dont vous faites mention ont déjà tenté de me menacer, et voyez vous-même l'effet que cela a eu... nous sommes ici aujourd'hui, face à vous ! Maintenant que les intimidations à peine voilées et les faux-semblants sont sortis, peut-être pourrions-nous parler avec plus de franchise.

Pour finir ma tirade, je positionne au centre de la table basse le livre de comptes trouvé à l'orphelinat sous les indications de Madenn. Si mon hypothèse est correcte, la vue du carnet devrait les interpeller. Après tout, pourquoi leur fille nous a-t-elle menés à cet objet précis si ce n'est sous l'impulsion d'une autorité... celle de ses parents, peut-être ? J'espère que mon audace paiera.

— Que diriez-vous de jouer franc-jeu maintenant ?!

III

10 H 30

Nous nous dévisageons tous les cinq autour de cette magnifique table basse ornée de marbre et moulures anciennes, nous interrogeant intérieurement. Le silence oppressant emplit l'espace, seul le tic-tac de l'horloge murale résonne dans le salon, battant la mesure des accusations. Qui flanchera en premier : Mr et Mrs Walsh dont les visages demeurent figés dans une expression de mécontentement, ou Aylin, Neil et moi, les mines résolues.

Notre bataille silencieuse prend fin lorsque Madenn rejoint enfin le salon. La jeune femme semble mal à l'aise. Des poches violacées cernent ses yeux bleus et elle avance dans la pièce, les mains croisées sur sa poitrine, le dos courbé sous un poids invisible et le regard dirigé vers le sol. Ses mains tremblantes jouent nerveusement avec une mèche de cheveux. Elle murmure un « bonjour » à peine audible et rejoint le canapé où sont installés ses parents.

Lorsque son père remue à côté d'elle, Madenn sursaute puis s'éloigne de quelques centimètres, conservant la tête penchée vers le bas. Je remarque le contour des ongles rougi et irrité de la jeune femme. Elle gratte, puis arrache les petites peaux sur ses doigts avec ardeur et obsession.

À sa vue, je me sens presque coupable de venir ainsi l'accabler. Je voudrais dire un mot de réconfort, mais Théodore Walsh me devance. Il attrape le livre, le feuillette et brise enfin le silence :

— Ce livre de comptes n'a rien à voir avec le couvent. Il vient de l'orphelinat, c'est ce que Madenn vous a indiqué !

Mrs Walsh plisse les paupières, atterrée par la remarque. De mon côté, je lève un sourcil, savourant la confusion sur le visage du père.

— Je n'ai pas dit où j'avais trouvé ce carnet, pourquoi une telle parole, Mr Walsh ?!

Je le vois ouvrir bêtement la bouche pour rétorquer, mais je suis lassé par ses excuses et je commence à comprendre parfaitement de quoi il retourne. Il faudrait être aveugle pour ne pas repérer les regards apeurés de Madenn, son corps entier réagit dans un frisson dès que ses parents bougent ou haussent un peu la voix.

Agacé, je reprends :

— Ne vous donnez pas la peine de chercher un nouveau mensonge, un nouveau prétexte pour justifier vos mots et votre comportement. Je vois clair dans votre jeu. Des gens dans votre position, ce qui vous intéresse par-dessus tout, c'est votre honneur, je me trompe ? Et votre réputation aurait été brisée si quelqu'un avait deviné la grossesse de votre fille non mariée. Alors, vous l'avez forcée à rejoindre le couvent et à y abandonner son enfant et lorsque vous avez découvert sa correspondance avec un journaliste vous l'avez forcée à modifier son discours… La peur d'un scandale pousse les plus riches à se salir les mains ! Après notre visite, jeudi, au couvent vous avez décidé d'agir. Probablement sous la direction de la mère supérieure. Vous avez récupéré un double du livre de comptes pour l'introduire à l'orphelinat et ainsi éloigner les soupçons ! Je me trompe ? Cela aurait pu marcher, mais trop de détails prouvent le lien entre le couvent et ces notes.

— Vous ne pouvez pas comprendre, rétorque la mère.

— Comprendre ? Si, je le peux ! je réponds, écœuré. Vous avez fabriqué de toutes pièces une piste vers l'orphelinat pour protéger la réputation du couvent et la vôtre, en incitant votre fille à mentir.

— Être parents n'est pas toujours facile ! Nous avons agi pour le bien de Madenn...

Cette fois, c'est Neil qui intervient avec véhémence :

— Pour son bien ?! J'ai lu les lettres de votre fille, commence le journaliste. *Chaque jour, les nonnes me dévisageaient avec dégoût. Je n'étais plus vraiment humaine là-bas, juste une chose qui leur appartenait et je devais leur obéir pour expier mes fautes.*

Neil secoue la tête, l'aigreur transperce chacun de ses mots. Il poursuit dans une grimace :

— *J'ai pourtant désiré cet enfant, je l'ai mis au monde et je l'ai aimé, mais elles me l'ont arraché des bras. Je n'ai même pas pu lui donner un prénom, elles me l'ont interdit et je ne l'ai plus du tout revu. J'ai hurlé durant l'accouchement, mais la douleur de voir mon bébé s'éloigner dans leurs bras a été plus féroce encore...*

Un silence lourd s'installe après la lecture. Les mains de Madenn tressaillent davantage. Ses parents, eux, ont abandonné leurs masques de colère et semblent pétrifiés.

— Alors non, Mr et Mrs Walsh, termine Neil, ce n'était pas pour le bien de votre fille que vous l'avez envoyée dans cet endroit. D'ailleurs, après l'accouchement, elle y est restée un an !

— Les religieuses ont certifié qu'il fallait la rééduquer pour éviter ce genre de comportements déviants hors mariage ! s'exclame la mère.

Écœuré par leurs actes, je rétorque :

— Non, vous l'avez puni pour un comportement étranger au vôtre... Vous avez condamné sa différence et jugé son corps comme étant votre propriété.

— Le corps d'une femme appartient à ses parents puis à son mari, c'est la règle de Dieu ! s'exhorte le père.

La colère monte en moi. Comment peut-on être aussi aveugle ? Mais c'est Aylin qui intervient :

— Si je ne m'abuse, il faut être deux pour procréer ! Pourquoi jeter le blâme sur votre fille et non sur l'homme lui aussi responsable ?! rétorque ma sœur, furieuse.

Il n'y a évidemment aucune réponse à cela. Malgré la modernité technologique et le passage à l'air industriel, notre pays demeure arriéré sur bien des points et enraciné dans une culture misogyne. Alors, envoyer des femmes enceintes non mariées dans des foyers pour accoucher loin des regards et des ragots, puis les interner durant un an pour effectuer un travail non rémunéré... une forme d'esclavage moderne, qui ne risque pas d'éclabousser la bienséance, caché derrière une prétendue décence pieuse.

D'ailleurs, je le vois dans le regard des parents Walsh, ils ne comprennent pas notre point de vue. À leurs yeux, nous sommes les personnes aux mœurs étranges ! Notre éducation a été différente chez les Donegan et ne reflète pas la majorité. Et je m'interroge alors : peut-on réellement venir impacter et changer une société qui désire rester ancrée dans ses vieilles mentalités ? Comment modifier le point de vue de la masse sans craindre d'être lynché ?

Notre discussion se poursuit durant plus d'une heure, entre contradiction et chantage, les parents de Madenn ne lâchent rien et défendent la réputation du couvent. Pourtant au fur et à mesure, nos questions trouvent des réponses et nos hypothèses se concrétisent. Le couvent cache bien des secrets, le tout maintenant sera de déterminer si les mauvais traitements reçus par la fillette qui m'attend à la maison en font partie.

Je les interroge sur Kavanagh en le décrivant, ils ne le connaissent pas, répondent-ils. Dois-je les croire sur parole ? Ils sont tellement enlisés dans leurs tromperies qu'ils ne sont peut-être même plus capables de distinguer la réalité de leurs mensonges.

Nous repartons, non pas avec l'état d'esprit de ceux qui ont conquis la vérité, mais blasés par les propos entendus. Parfois, les réflexions de certaines personnes vous paraissent si ignominieuses que de les entendre vous vous sentez aussitôt salis. En montant dans la voiture, Aylin soupire d'ailleurs puis lâche avec lassitude :

— J'ai de la chance d'être née dans notre famille.

Neil et moi restons silencieux, comprenant les paroles de ma sœur. Ce n'est pas la première fois que je me rends compte de l'injustice envers les femmes et de la différence de traitement qu'elles subissent. Aussi horrible que cela soit, je suis assez soulagé d'être un homme. La vie est déjà bien compliquée sans en ajouter.

Le retour en voiture s'allonge alors que midi approche. Les réflexions de chacun sur l'entretien auquel nous venons d'assister nous plongent dans le mutisme. Les Walsh ont manigancé l'histoire du livre de comptes pour détourner notre attention du couvent. Je trouve cette complicité abjecte.

Alors, je préfère laisser mes pensées voler vers la maison et vers Eire. Je n'ai pas encore récupéré les certitudes que j'espérais pour la sortir d'affaire, mais je commence à consolider un plan dans mon esprit. La mettre à l'abri sera la première chose et pour ça il me faudra l'emmener loin de Galway, loin du couvent et de notre village si archaïque. Je pense à Fergusson habitant de l'autre côté du lac Corrib. Mon camarade d'internat sera ravi de nous accueillir.

Un sourire s'étire sur mes lèvres à l'instant où je formule cette idée, enfin persuadé d'avoir trouvé le moyen d'éloigner Eire du danger. Mais mon sourire se fige lorsque la voiture se gare dans la cour de notre maison. Je vois ma famille à l'extérieur qui s'agite. Ma mère accourt à notre approche, le visage affligé, et quand mon regard rencontre le sien, je sais au fond de moi qu'une chose atroce est arrivée.

— Qu'est-ce qui se passe ? demande Aylin. Pourquoi êtes-vous tous dehors ?

Ma mère se trouve tout près de moi maintenant et je peux même observer ses yeux rougis par l'anxiété. Dans un murmure, elle répond :

— Eire a disparu…

IV

22 H 30

Le crépuscule étire ses sombres desseins au-dessus du village et une nappe de brouillard lèche le sol. La fine bruine qui tombait depuis le début d'après-midi a commencé à s'intensifier et désormais, la pluie arrose tout l'ouest de l'Irlande. Le parfum entêtant de terre humide remonte du sol et m'étourdit la tête. Quant à mon humeur, elle est similaire à cette météo, maussade et inquiète, et l'épais nuage noir qui se rapproche annonce un orage aussi tumultueux que les pensées qui agitent mon esprit.

Je cherche depuis des heures. Des heures d'errance à flageller ma carcasse pour mon abandon. Car c'est de ma faute ce qui arrive, je n'aurais pas dû la laisser seule...

Le temps se joue de moi, à certaines secondes, je le crois s'allonger, me laissant dans une agonie de terreur en imaginant ce qui a pu arriver à Eire. Puis, le temps s'accélère soudain, pour apporter la nuit et me rappeler que je n'ai plus le temps de la chercher.

Je me dirige maintenant vers la forêt, c'est le dernier endroit où je ne me suis pas rendu pour vérifier. Il faut que je la retrouve ! Elle est sous ma responsabilité, je ne peux pas la perdre... pas comme je l'ai perdu, lui...

Où est-elle ? Où es-tu, Eire ?

Lorsque ma mère m'a annoncé la sentence, j'ai cru voir le monde disparaitre, englouti dans une crevasse d'impossibilité. Impossible, car j'ai eu la sensation horrible de revivre le pire jour de ma vie, ce « déjà-vu », indéfinissable, si exécrable. À l'instant où ma mère a prononcé ces mots, « Eire a disparu », mon cœur a cessé de battre.

Chaque goutte de pluie qui pilonne mon visage vient accentuer mon infamie, chaque seconde passée loin d'Eire fait croître la boule de terreur dans mon estomac. Je ne peux éviter la marée de souvenirs de ce jour où j'ai perdu quelqu'un de précieux. Oui, je revis l'horreur à l'instant où mon cœur repart.

Pourtant, je me tiens encore debout. Par quel prodige ? Juste l'obligation de la retrouver, je n'ai aucune autre volonté que celle de rejoindre la fillette, l'entendre rire de nouveau. Rien d'autre ne compte.

J'ai déambulé dans le village une bonne partie de l'après-midi en quête d'indices, tandis que mon frère rejoignait le couvent. Mes parents m'ont interdit d'y aller moi-même, ils n'avaient pas confiance dans ma retenue et ils ont craint, peut-être, que je n'étripe les bonnes sœurs pour obtenir des réponses. Je ne peux leur donner tort. Aylin et Neil de leur côté ont rendu visite au directeur de l'orphelinat, et mon père a pris rendez-vous avec les autorités de Galway.

De maison en maison, j'ai tapé aux portes pour être reçu avec froideur. Je n'étais pas le bienvenu et je le savais. De porte en porte, j'ai demandé poliment des informations sur la fillette. De refus en rejet, j'ai fini par quémander de l'aide, faisant appel au peu d'humanité que j'espérais encore discerner en eux. J'étais prêt à me mettre à genoux pour avoir un minuscule indice.

Chez mes voisins, c'est la femme qui m'a ouvert la porte et a tenté de la refermer sur moi. Elle a refusé de répondre, alors j'ai supplié :

— Elle n'a que cinq ans, s'il vous plait !

Puis j'ai jeté un regard à son fils qu'elle tenait dans ses bras.

— Imaginez si c'était le petit Ayden. Je sais votre crainte des *changelings*, mais je vous en prie, aidez-moi !

L'enfant dans ses bras a gazouillé pile à la fin de ma supplique, est-ce cela qui a plaidé en ma faveur ? Elle a soupiré puis m'a répondu qu'elle avait vu un homme roder ce matin. Elle m'a aussi expliqué qu'Orla Sullivan proclamait à tous qu'on était enfin débarrassés du fardeau et qu'elle en avait la preuve.

Mon cœur a cogné encore plus fort dans ma poitrine, je l'ai remerciée en balbutiant, quelque peu hagard, puis je suis parti. D'abord j'ai marché, mes pieds trainaient au sol comme si mon corps était trop lourd pour réussir à se mouvoir. Puis je me suis hâté et mes jambes enfin ont repris la course.

Je suis arrivé devant la maison de la doyenne, le souffle court, mais pas tant par mon élan que par la vague d'émotion que je sentais me submerger. J'en tremblais lorsque j'ai toqué à la porte, d'ailleurs, j'en tremble encore.

— Orla, où est Eire ? Dites-moi où elle est ?!

Je fulminais contre le comportement injuste des habitants du village qui n'ont pas accepté une fillette simplement parce qu'elle était différente d'eux. La mère Sullivan a ri, vraiment, un rire narquois et peu charitable.

— Je t'avais prévenu, Jack, de ne pas t'attacher à cette créature ! La voilà enfin partie ! Elle a rejoint les siens, la fée mâle est venue la trouver et, ensemble, ils ont déguerpi.

Je n'ai pas aimé le ton moqueur et condescendant qu'elle prenait pour me parler ni sa façon de qualifier Eire de créature, mais à cet instant précis, rien n'avait d'importance.

— Où ?! Où sont-ils allés ?

Elle m'a dévisagé, amusée par ma détresse. Puis dans un ricanement, elle a daigné me répondre :

— Dans la forêt, bien sûr ! C'est là que se rejoignent les créatures de son espèce. Nous voilà enfin débarrassés du *changeling*. La vie pourra reprendre normalement et toi, tu repartiras bientôt…

Voilà, le crépuscule tombe bien vite sur village, il ne s'attarde pas pour laisser la nuit s'implanter et, moi, je m'avance vers la forêt, armé d'une unique torche dans la main.

Mon corps grelotte sous l'averse qui s'abat. Malgré les températures clémentes de l'été, je sens des frissons glacer et agiter mon corps. Ce n'est pas tant la rincée de l'orage qui me refroidit, mais ce pressentiment qui s'accroche à moi. Cet « homme fée » qu'aurait aperçu Orla Sullivan emporter Eire : la divinité Cernunnos ou bien Kavanagh ? Qui a à gagner dans cette affaire ?

Quelques secondes me suffisent pour échafauder divers scénarios, plus terribles les uns que les autres. Alors, j'abandonne toute prudence et m'active. Mais la pluie qui tombe droit sur mon visage m'aveugle et la mousse déjà glissante devient un véritable écueil sous cette ondée orageuse.

Malgré tout, j'arrive à repérer dans ce décor dantesque un essaim de branchages pliés dans une zone où d'ordinaire personne ne se rend, menant au cœur du bois. Je n'ai aucune certitude : sera-t-elle par-là ? D'ailleurs, avec le temps qu'il fait et depuis toutes ces heures où ils sont partis, ils ne sont sûrement plus dans ce labyrinthe végétal. Mais l'idée de rebrousser chemin, d'abandonner Eire, est plus effrayante encore que de vouloir m'aventurer loin des chemins de terre et de pénétrer dans le sanctuaire des fées.

Trempé, je remonte les manches de ma chemise, j'avance mon bras pour dégager les buissons épineux et les branches, puis je plonge dans ce dédale de troncs. Le sol humide s'enfonce sous mes pieds et tente de m'engloutir. Le bruit des rafales résonne comme un rappel constant de ma solitude et de mon désespoir. L'effluve de la mousse et des feuilles décomposées envahit mes narines. Quant à l'eau qui dégouline de mes mèches de cheveux pour venir glisser sur mon visage et mes yeux, elle réduit ma vision à un voile flou et indistinct. Je suis donc forcé à m'arrêter pour m'essuyer le visage. Une routine se met en place toutes les minutes où je m'éponge, et je progresse donc très lentement ; trop lentement.

Alors je m'impatiente !

Je souhaite hurler à l'orage d'arrêter, je voudrais courir pour atteindre Eire plus vite. C'est ce que je fais. Dans ma folie, je lâche un cri guttural, presque animal, enseveli par les trombes d'eau qui rebondissent sur les feuilles des arbres, puis je me mets à marcher de plus en plus vite sans prendre garde à mes pieds qui dérapent sur les racines et cailloux instables. Je me rattrape toujours et repars de plus belle.

Sauf cette fois.

Je glisse sur un amas de feuilles trempées. Heureusement, mes réflexes me permettent de me rattraper à un ensemble de branches à côté de moi. Mais sous mon poids, la ramure cède. Je vois le ravin se rapprocher, je sens ma tête cogner, puis c'est le vide complet.

V

MINUIT

Des murmures tout autour de moi.

Non, pas des murmures, mais des cris stridents, des lamentations surnaturelles et lancinantes qui me harcèlent. Mon crâne se resserre, prêt à imploser sous la pression de ces voix d'outre-tombe et divines.

S'annoncent ensuite les tambours, des percussions montant crescendo qui font vibrer mon corps entier.

Je suis porté, je sens que le monde chavire. Mon anatomie est maltraitée et tournée dans tous les sens, puis, enfin, je vomis.

Combien de temps passe ?

J'entrouvre la paupière gauche, impossible de bouger la droite, et alors je suis assailli par des ombres. Devant ces apparitions, je tente de hurler, mais ma bouche est envahie par un liquide au goût terreux.

Je crois que je m'évanouis de nouveau. Ce sont les gouttes d'eau glacée qui achèvent de me réveiller. Je suis étalé au sol, la partie droite de mon visage enfoncée dans la terre et je tousse en manquant de m'étouffer avec la flaque d'eau dans laquelle je viens d'inspirer.

Le vent s'est levé et l'orage stagne au-dessus de ma tête. Où suis-je ?

Toujours dans la forêt.

D'où viennent les ombres qui dansent autour de moi ?

Des arbres sûrement, je tente de me rassurer.

Je me redresse, mais chavire aussitôt et me rattrape à un tronc. Je tiens difficilement debout. Mon corps me fait souffrir, mes côtes surtout et mon crâne que je pourrais presque croire perforé tellement la douleur est féroce. Je porte d'ailleurs ma main à ma tempe droite, les points de suture ont encore sauté, mais c'est surtout à l'arrière de ma tête que l'affliction est la plus forte et pulse comme un feu ardent. Malgré tout, je serre les dents et me force à avancer. Je me souviens pourquoi je suis ici, je dois empêcher les fées d'emmener Eire.

Quelle heure est-il ?

La nuit est bien entamée, mais un regain d'énergie me sort enfin de ma torpeur et j'avance d'un pas, puis d'un second et j'arrive à nouveau à me mettre en marche. L'obscurité est quasi totale, je n'ai même plus ma torche pour m'éclairer le chemin. Pourtant, mes yeux se sont habitués et la faible luminosité de la lune, qui passe à travers la couche de nuages et la canopée, me suffit pour poursuivre.

La forêt semble s'éveiller sous le manteau de la nuit et autour de moi j'entends gratter, siffler et bouger. Un bourdonnement incessant aussi harcèle mes oreilles, mais je préfère éviter d'y accorder trop d'importance, cela risquerait de m'éloigner de mon objectif. Sous la pâle lumière de la lune, je remarque des nappes de brouillard envahir le bois et ma vision déjà floue peine à faire la mise au point sur ce qui m'entoure.

J'avance, oui, m'agrippant d'un tronc à l'autre et appelle dans un murmure le prénom d'Eire. Personne ne me répond, juste le vent qui se rit de moi, et ces ombres qui toujours me suivent.

Mes vêtements souillés par la boue et des griffures d'épines ne ternissent en rien ma volonté, mais la brume, qui se transforme et se module devant mes yeux, apporte une perfide ambiance fantasmagorique, qui m'interroge sur ce qui est vrai ou non. J'en viendrais à douter de moi-même. Suis-je vraiment ici ? Je me sens comme prisonnier d'un reflet de miroir, partout où mon regard se pose, tout est identique, et je me sens épié. Je devine du coin des yeux ces ombres néfastes. Elles glissent entre les buissons et les arbres. Chaque fois que je tourne la tête, elles se dissipent, mais je ne suis pas fou. Car en plus de les voir, je les entends, ces ombres. Elles discutent entre elles, des chuchotements indistincts dont je ne comprends pas le langage.

À bout de patience, je leur crie :

— Arrêtez ! Si vous désirez me parler, faites-le clairement, mais ne me tourmentez pas de la sorte. Je ne souhaite pas envahir vos lieux d'habitat, juste retrouver la fillette dont j'ai la garde. Elle est trop jeune pour être emportée dans les bois.

Ma grand-mère m'a toujours dit de parler avec respect aux créatures de légendes, certaines se montrent susceptibles et peuvent rapidement punir toute marque d'irrespect. Alors, malgré la fatigue, c'est ce que je tente de faire !

Pour toutes réponses, le vent souffle encore plus fort et j'entends le tonnerre gronder. Les ombres s'avancent. Malgré le brouillard opaque et la nuit, j'aperçois de petites créatures bondissantes, hirsutes et aux membres allongés. Des griffes acérées terminent la silhouette de leurs bras et un éclat rouge, menaçant, vient illuminer leurs pupilles. Je crois en voir certaines sourire pour révéler une large gueule où se dressent des rangées de dents pointues et affûtées. Puis les murmures deviennent plus clairs, et je discerne certains mots en gaélique d'antan, des avertissements pour mon imprudence, mais surtout des moqueries sur ma quête jugée stérile.

— Je refuse d'abandonner Eire. Vous ne l'aurez pas, ni vous ni personne !

Encore des rires qui résonnent au travers de la brume. Eire n'appartient pas au monde des humains, me disent les voix, elle a rejoint celui des fées... Je refuse bien sûr cette affirmation. Je ne laisserai pas une autre créature m'enlever un être qui m'est cher, pas comme j'ai perdu mon frère.

Le rêve que j'ai fait quelques jours plus tôt, le jour même de ma rencontre avec Eire, je le perçois de nouveau avec intensité. Ma glissade au cœur du Sidh, et ma rencontre fortuite avec une apparition de l'Autre Monde. Chaque fois, je perds une personne… il parait que c'est le prix à payer pour côtoyer le monde des esprits, celui du sacrifice… alors je proclame haut et fort pour braver la tempête qui agite les feuilles des arbres :

— Prenez-moi à la place ! Emportez-moi, mais laissez l'enfant partir.

Ma voix se brise. Je ne perçois aucune réponse, juste la cacophonie orageuse, la pluie qui martèle la cime et mes dents qui s'entrechoquent sous la brise glaciale. Pourtant, je ne ressens pas le froid, juste une décharge brûlante qui irradie et m'étourdit presque.

Il y a le bourdonnement qui résonne toujours en écho et qui me rend groggy. Il y a les branches des arbres et les buissons d'aubépine qui ondulent, non sous l'attraction du vent, mais comme en mouvement, cherchant à se rapprocher et à refermer leur étreinte sur moi. Les vapeurs s'élèvent et s'étirent en prenant de nouvelles formes, plus terrifiantes encore. Des visages instables, entre humains et bêtes, se métamorphosent devant moi. Ils déploient un large sourire sardonique, promettant une nuit de torture. Un ensemble macabre et abject qui déchire le voile de ma raison, me laissant sombrer dans les limbes de l'horreur.

Je me persuade que je rêve, je me pince, mais la douleur me rappelle la terrible vérité. Mon ouïe et ma vision demeurent rationnelles, je peux même toucher et sentir l'écorce râpeuse des arbres contre la paume moite de ma main.

Hagard et de plus en plus anxieux à cause du tourment des apparitions, j'erre dans la forêt, implorant presque de trouver le chemin vers Eire. Je l'imagine qui m'attend, effrayée.

L'obscurité se rapproche et rétracte ma vue.

Je sombre dans une léthargie, laissant le désespoir dévorer mon peu d'énergie. Je crains de céder à la peur, juste m'enfuir pour oublier : oublier mon frère et son visage jumeau du mien, oublier Eire et son rire.

Un rire justement éclate en contrebas. Un rire doux et enfantin.

Éradiquée ma confusion, finie la fatigue, Eire est toute proche, je le sais !

Ce regain d'énergie semble éloigner les ténèbres qui s'amoncelaient aux abords de ma position. Les ombres arrêtent de danser au milieu des troncs, et je ne perçois plus la voix des créatures cachées. Je me précipite donc, dodelinant, le corps lourd et épuisé, appelant Eire de plus belle.

La clarté diurne s'élève, l'aurore prend la place de la nuit et estompe l'obscurité dans des teintes rosées. J'ai dû marcher longtemps. L'orage même semble s'adoucir, apaisé, laissant une légère vapeur transparente flotter au-dessus du sol. Je m'avance donc dans la jolie clairière, serein sur ce que je vais y trouver. La nuit tragique laisse place à un matin heureux de retrouvailles. Je vois d'ailleurs une silhouette à quelques mètres de là, adossée à un tronc d'arbre.

Je m'avance un peu plus, l'appelle de nouveau. Elle semble endormie, paisible.

Plus je m'approche, plus je remarque la pâleur de son visage et je m'inquiète, elle doit être frigorifiée.

À quel moment est-ce que je comprends vraiment ? Dès le début, j'imagine, mais le déni est salvateur.

Mon cœur commence à battre plus fort dans ma poitrine, et je crains que mon organe ne tente de sortir de son réceptacle de chair. La réalité de ce que j'observe me rattrape. Je tombe à genoux, dévasté. Je crois qu'il n'existe pas de mots assez forts pour raconter la vague destructrice d'émotions qui me submerge.

Eire est étendue, les yeux clos. Il ne reste que la mort : absurde, cruelle et destructrice.

SIXIÈME PARTIE
LE SILENCE DÉCHIRANT
MARDI 13 AOÛT 1929

I

5 H 45

Un long et déchirant hurlement retentit dans la clairière. Je m'en étonne, puis je comprends : c'est ma propre douleur. Un cri endeuillé remonte dans ma gorge et s'extirpe de mes lèvres. La clameur est sans fin, comme la douleur que je ressens. Je m'époumone, laissant le son vibrer contre mes cordes vocales et assiéger chaque mètre carré de cette forêt. Plus je poursuis, plus le souffle vient à me manquer et je suffoque. Pourtant, je ne peux briser le flux constant de mon affliction sortir dans un cri, inondant mon champ auditif. Je n'entends rien, juste ma peine, encore et encore.

Le temps a dû s'arrêter. L'aube ne devrait pas avoir l'audace de chasser l'obscurité de la nuit, de laisser le soleil étirer ses rayons lumineux dans le ciel. Non ! Le soleil ne peut plus briller aujourd'hui.

Les cloches de l'église, sonnant en rythme, me parviennent pourtant et le chant des oiseaux y répond. Je ne souhaite que le silence de la perte et me voilà entouré par le bruit de la vie.

Mon hurlement se transforme en râle puis finit par se tarir. Ma bouche conserve une grimace d'effroi, mais je n'ai plus de voix. Je me contente de m'effondrer au sol, dans une flaque d'eau boueuse, les bras ballants, et incapable de détourner les yeux de cette minuscule silhouette qui, il y a quelques heures, m'enlaçait pleine de vie.

Pourquoi ? Voilà une piètre question, pourtant il s'agit de l'unique pensée cohérente que mon esprit est capable de formuler.

À l'instant où j'ai cessé de crier, d'autres clameurs se sont fait entendre un peu plus loin et se rapprochent. C'est mon prénom qui résonne en écho, mais je ne tourne pas la tête.

Un corps fin et élancé se jette contre mon dos et me serre, je l'entends murmurer à mon oreille :

— Oh Jack, je... je suis tellement désolée...

C'est ma sœur qui m'enlace et dépose son front contre ma nuque, je sens des larmes couler sur moi, mais je n'ai pas la force de me retourner. Je reste prostré.

Le reste de ma famille émerge à son tour, je remarque du coin de l'œil ma mère qui étouffe un cri en découvrant Eire et qui rejoint Aylin près de moi. Mon père et Liam passent à mes côtés, je sens chacune de leurs mains serrer mon épaule, la pression douce et fine de mon père, celle plus brutale de mon frère, puis ils s'éloignent et rejoignent l'enfant posée contre un tronc d'arbre.

Alors, je ferme les yeux, refusant d'accepter l'inévitable, espérant la garder encore un peu près de moi à travers mes souvenirs.

Le temps reprend son cours. Je maintiens mes paupières closes et me laisse diriger par les mains affirmées et douces de ma mère et de ma sœur. Derrière, je sais que Liam et mon père portent son corps, si frêle et si froid.

— Les fées l'ont emportée, je n'ai rien pu faire..., j'explique dans un souffle.

Un silence suit mes paroles, puis une main vient toucher mon front, courir sur la plaie séchée de sang de ma tempe et finir sa course à l'arrière de mon crâne.

À ma droite, ma mère, inquiète, interpelle mon père :

— Colin, Jack est brûlant de fièvre !

De la chaleur, oui je ressens bien la chaleur qui émane de ma tête et se propage dans le reste de mon anatomie. Malgré les spasmes musculaires et mes vêtements imbibés par l'orage de la nuit, je n'ai pas froid. Alors, je tente de poursuivre mon récit et de leur raconter ce qu'il s'est passé durant la nuit :

— Les ombres m'ont ralenti, des ombres petites, difformes et poilues. Elles m'ont dit qu'Eire était à elles, qu'elle appartenait au monde des fées et que je ne pouvais rien faire.

Soudain, j'ouvre les yeux, pris de panique, et je m'agrippe à Aylin :

— J'ai tenté d'offrir ma vie en échange, mon sacrifice pour retrouver Eire. Je ne voulais pas faire comme pour Lewis, c'était à mon tour de partir ! Mais on me l'a refusé, pourquoi ? Pourquoi les fées ont-elles refusé ?

Je remarque le regard angoissé de ma sœur qui cherche le soutien de notre mère, je sens la caresse tendre de ma mère dans mon dos pour me calmer et je laisse échapper une larme sur ma joue. Soudain, je me sens épuisé, mon corps si lourd se borne à rester figé. Et je m'effondre.

MERCREDI 14 AOÛT 1929

1 H 30

Combien de temps durent les ténèbres ? Je vois d'étranges lumières bouger et une tignasse rousse s'approcher puis éclater de rire. Elle me sourit. Pourtant ma vision est toujours troublée et floue, mais je sais qu'elle me sourit et je crois entendre dans un murmure la douce voix d'Eire me réconforter :

— Tout ira bien... Je suis toujours là.

J'ouvre enfin les yeux et laisse mes pupilles faire la mise au point. Dehors, une nuit bien noire obstrue la vue. Je suis allongé dans le cabinet de mon père, seul ce dernier est assis à mon chevet, griffonnant dans son carnet. Je ne lui indique pas immédiatement que je suis réveillé, préférant profiter encore un peu de cet instant et je me laisse bercer par le son apaisant de la plume qui gratte le papier épais.

Au bout de quelques minutes, il se penche vers moi et me chuchote tout bas :

— Je sais que tu es réveillé, Jack !

Il glisse le dos de sa main sur mon front puis termine sa course en laissant sa paume contre ma joue.

— Tu te sens mieux ? me demande-t-il avec une pointe d'inquiétude dans la voix. Tu as dormi longtemps, toute la journée d'hier. Là, il fait encore nuit.

Ma bouche est pâteuse et lorsque je l'ouvre pour répondre, je sens une douleur dans la gorge m'empêchant de parler d'une voix forte.

— Autant de temps ! Que s'est-il passé ? je demande un peu perdu.

Je crois me souvenir, mais tout semble un peu chaotique dans mon esprit. Entre douleurs physiques, tourmenteuses apparitions et affliction tortureuse.

— De quoi te souviens-tu en dernier ?

Je ferme les yeux dans un soupir de tristesse, puis réponds :

— Eire…

Mon père baisse la tête vers le sol et sa main gauche attrape ma main en me la serrant avec force. Il ne prononce aucun mot, il n'en a pas vraiment besoin, le savoir avec moi me suffit.

Une boule large et douloureuse vient obstruer ma gorge et rend ma déglutition difficile. Je tente de contenir mes larmes et demande dans un couinement défait :

— Pourquoi ? Pourquoi est-ce arrivé, pourquoi elle ?! Je ne…

Je ne peux finir ma phrase, sentant monter de nouveau les sanglots. Mon père intervient :

— Nous trouverons ce qu'il s'est passé, Jack. Ce genre d'évènement est difficile à surmonter, mais nous sommes là pour toi. La religion tente souvent d'apporter des réponses à ces moments difficiles, une volonté divine. À toi de voir si cela t'apporte le réconfort nécessaire, ou pas.

Je secoue la tête. Non, le caprice d'une fée ou d'un dieu ne saurait attendrir mon cœur meurtri par la perte.

— Rien n'excuse, rien ne peut affaiblir ma peine. Je veux juste le coupable !

Voilà, je laisse la colère imprégner les tissus de mon organisme, les visages des villageois et de Kavanagh viennent supplanter le sourire d'Eire. Mais mon père soupire avant de reprendre :

— Confondre justice et vengeance ; tu ne seras pas le premier à faire cette erreur, Jack.

Malgré mes maux de tête, je me redresse vindicatif :

— Ils ont rejeté Eire. Elle était innocente et ils l'ont traitée avec mépris sans aucune raison !

— Tu as tort, Jack, ils avaient leurs raisons. Des raisons peu nobles, dictées par la crainte et l'ignorance. Hélas, la nature humaine est conditionnée pour réagir à l'inconnu. La colère souvent prédomine dans nos actes, celle-ci vient en réaction à la peur ou aux représailles. J'imagine que tu le comprends parfaitement ?

Je perçois où il veut m'emmener avec ses réflexions, mais à cet instant le bon sens n'a pas sa place dans mon esprit. Je suis animé par des émotions trop sombres et tempétueuses pour laisser la logique prendre le contrôle.

— Ils n'avaient pas le droit de faire ça, ils l'ont tous tuée à leur manière ! En la traitant ainsi, en la rejetant, ils ont causé sa perte…Je ne les laisserai pas s'en tirer.

— J'oublie parfois que tu es encore bien jeune. Si la guerre m'a appris une chose, mon fils, c'est que la cruauté n'apporte rien de positif. En conservant le principe manichéen, tu t'enfermes dans une boucle où chaque horreur apporte une nouvelle forme de ripostes et de sanctions. Les villageois ont eu peur par manque d'éducation et de tolérance. Ils ont vu le regard d'Eire et ils n'ont pas compris. Comment le pouvaient-ils ?! C'est si rare comme phénomène.

Je le regarde avec plus de curiosité que de colère, puis lui demande :

— Tu as trouvé l'origine ? Ce ne sont pas des yeux vairons, tu m'as dit.

— En effet, c'était une mydriase permanente. Son œil gauche a été endommagé quelques mois avant qu'on ne la trouve, laissant sa pupille éternellement dilatée et la couleur de son iris modifiée. C'est rare, souvent dû à un choc violent, elle a eu de la chance de ne pas perdre son œil. Rare dans les grandes villes, alors imagine dans un petit village de campagne ! J'ai essayé de l'expliquer aux doyennes du village et même à ta grand-mère, mais la médecine n'est pas encore très acceptée par ici.

Colin Donegan fait une pause dans son monologue et fixe ses yeux d'une infinie douceur dans mon regard agité :

— Je sais que tu es en colère, c'est compréhensible, mais essaie de ne pas oublier ta gentillesse et ton empathie. Conçois d'observer le monde aussi du point de vue des autres…

Ses paroles font leur effet, mais je conserve les affres de l'aigreur.

— Elle est morte, juste morte, et tu voudrais que je pardonne aux habitants qui l'ont rejetée ? Devrais-je aussi épargner l'homme qui l'a enlevée, emmenée dans la forêt et très certainement tuée ?!

— Jack, s'il te plait !

Mon père pose ses mains sur mes épaules pour me forcer à me rallonger, puis il reprend :

— J'ai examiné le corps d'Eire, et sa mort (je grimace lorsqu'il prononce le mot, encore incapable de l'accepter), bien que terrible, semble être accidentelle…

11

7 H

J'ignore à quel moment, mais je me suis rendormi.

Hélas, ce matin, c'est finalement pire que la nuit dernière. Le réveil cuisant me renvoie avec violence à ma nuit passée dans la forêt. Mon corps demeure un amas de viande battue, je suis courbaturé et mon crâne menace d'exploser sous le calvaire. Mon père m'a expliqué mes hallucinations, elles étaient causées par la fièvre irradiant de ma blessure à l'arrière de ma tête. S'écrouler dans un ravin, il s'agit toujours d'une mauvaise idée.

Mais les afflictions de mon anatomie restent risibles face à la détresse de mon âme. La destruction et la mort m'entourent et assaillent mon esprit de macabres visions. Je demeure inerte, grisé par cet instant figé dans un demi-sommeil, un moment d'oubli où la possibilité que tout ne soit qu'un vulgaire et horrible cauchemar reste possible. Cela ne dure qu'une seconde, une seconde où l'espoir revient, puis tout s'effondre et mon désespoir est pire encore.

Lorsque je réalise, lorsque son absence et ma culpabilité sont au paroxysme, mon corps est secoué de sanglots. Je ne peux les contrôler, peut-être est-ce une soupape pour évacuer mes angoisses et mon abattement. L'unique moyen d'extirper les scènes que mon sadique esprit prend plaisir à rejouer. Le tonnerre assourdissant, les infâmes ombres et sa silhouette inerte…

Le bureau de mon père, où j'ai passé ma convalescence, semble se rétracter et je peux sentir les murs se refermer sur moi. Je pourrais l'appeler pour qu'il me donne de quoi dormir d'un sommeil sans rêves, mais l'idée qu'on me voie aussi faible, aussi pathétique, je refuse, préférant la fuite. Alors, avec difficulté et lenteur, je me redresse et commence la difficile tâche de m'habiller. J'apprécie de concentrer mon esprit sur un labeur précis, l'empêchant de vagabonder dans d'odieuses pensées.

J'enfile alors la veste d'aviateur qui appartenait à mon père durant la Grande Guerre, encore un peu grande pour moi aux épaules, puis j'attrape un bout de papier plié en quatre, posé sur le bord de la table basse. Je n'ai pas besoin de le déplier pour savoir ce qu'il contient, le dernier dessin que m'a fait Eire. Ma main se contracte, puis je dépose délicatement l'œuvre dans la poche intérieure de ma veste, proche de mon cœur.

Dans une grimace, je fais mes premiers pas. Sentant néanmoins mon organisme chavirer, je me rattrape au battant de la porte qui mène à l'extérieur. J'inspire, expire, jette un œil derrière moi, puis pose un pied dehors. Le simple fait d'être à l'air libre me revigore un peu. Alors je continue. Je scelle ma conscience sur l'importance de marcher. Un pas après l'autre, j'évite toutes autres élucubrations parasitaires, je néglige ma colère et ma tristesse pour me focaliser sur la trajectoire.

Cela dure longtemps !

Je suis si lent au démarrage, il me faut presque trente minutes pour sortir du village. Il faut avouer que je prends garde à ne pas être vu. Je ne suis pas prêt à revoir un habitant.

Mais la marche me fait du bien et je reprends confiance en mes jambes, celles-ci ne flageolent plus autant et j'accélère le mouvement.

Je m'interroge succinctement sur ma destination, pourquoi je me dirige justement là-bas, mais la réponse n'a pas d'importance. Je vais là où mon cœur m'envoie et si c'est dans la forêt alors, tant pis, je m'y rends.

Je crains tout de même d'être accablé par mon expérience dernière, mais je ne trouve dans ces bois qu'un apaisement. Aussi étrange que cela soit, une larme coule sur ma joue tandis qu'un sourire s'étire sur mes lèvres, et ma main droite s'ouvre dans le vide comme pour attraper, tenir quelque chose. Lorsque la brise légère caresse ma paume, j'ai l'impression de sentir la chaleur de sa petite main. Alors, une nouvelle larme coule, mon sourire persiste et je poursuis ma marche au milieu des troncs d'arbres, buissons d'aubépine, dans une étonnante sérénité. Dans mon exil, je ne me sens pas seul.

Mes pas me mènent à la clairière.

J'espère sûrement avoir un moment de recueillement, sentir sa présence, mais surtout laisser son innocence et sa naïveté m'apaiser.

Mais je ne suis pas seul.

Une forme massive demeure accroupie là où se trouvait Eire quand je l'ai retrouvée. La personne semble chercher quelque chose sur le sol et dans les buissons alentour. Sans s'apercevoir d'une nouvelle présence sur les lieux, l'homme poursuit son investigation.

Je reconnais bien sûr le large et musclé gabarit de Kavanagh.

Soudain, mon corps ne me fait plus souffrir et mon esprit se restreint à une seule émotion, ma haine envers lui. Je pousse un long et puissant cri de rage, je sens cogner mon sang contre mes tempes. L'adrénaline alimente mes muscles. Mon seul désir, soumettre cet homme à mon courroux. Alors, je me jette sur lui.

Kavanagh reste un instant interdit face à mon interruption, mais ses réflexes le remettent rapidement sur pied. Il se dresse et fuit à l'opposé.

Entre les arbres et buissons épineux, me voilà à courser cet individu avec une hargne féroce. Le soleil réchauffe le bois après ces nuits de pluie, mais le sol reste marécageux et instable. Malgré tout, je cours. Je contourne, je vire et saute les obstacles, qu'importe les épines des buissons de rosacées, je reste fixé sur l'objectif d'attraper cet homme coûte que coûte !

Un étrange sourire se déploie sur mon visage. Celui-ci n'a pas la douceur de la nostalgie, mais une dureté sauvage et haineuse. Je manque de perdre cet infâme personnage à diverses occasions, pourtant, porté par la grisante euphorie de ma rancœur, je maintiens le cap et le retrouve vers le chemin menant à Merlin Meadows.

Une déflagration m'arrête aussitôt, Kavanagh est armé…

— Tu n'aurais pas dû me chercher des noises, la gamine non plus !

Je devrais abandonner et quérir de l'aide. Mais comment décrire ce nuage obscur qui sévit dans mon esprit et écrase mes poumons. Je suis incapable de rationaliser les évènements, tout ce que je conçois après ce qu'il vient de prononcer, c'est de l'attaquer.

Dans un bond, j'entame les hostilités. Crochets, esquives et coups de pied rotatifs, un véritable combat de boxe se joue entre lui et moi. Chaque coup est rendu plus fort que le précédent et notre corps à corps s'éternise, mais je le sens faiblir.

Ce n'est pas tant mon agilité qui me fait gagner du terrain ; plutôt une hargne animale et féroce. Surpris devant mes actions inconsidérées, il lâche son arme. J'ai la rapidité, me dis-je, il a la force. Il me faut rester vigilant et l'affaiblir.

C'est si simple, n'est-ce pas ?!

Après un coup au foie, je le vois basculer et je sens déjà que j'ai gagné. Hélas, il est plus abrupt qu'il en a l'air.

Je n'ai pas le temps de parer, il attrape son arme et tire.

Voilà. Malgré le ciel dégagé de cette nouvelle journée, je vois l'éclair lorsque les gaz à haute pression s'enflamment dans le canon, puis il y a le tonnerre qui retentit de nouveau dans le bois avec un son métallique et bref.

Puis, le choc.

Je ne vois rien, je me sens écrasé, mais je crois encore respirer. Une voix éclate ensuite :

— Toi, tu vas souffrir !

Je reconnais celle de Liam, le ton grave et caverneux. Il n'a pas besoin d'élever la voix pour te figer d'angoisse.

Lorsque la pression sur mon dos s'élève, je me redresse pour comprendre. Mon frère est intervenu au moment du coup de feu. Il s'est jeté sur moi, m'évitant l'impact d'une balle. Derrière, justement, un trou a déchiré le tronc d'un arbre, fumant encore. Elle n'est pas passée loin ! Devant, Liam arrache le revolver des mains de Kavanagh et frappe du poing son visage. Un seul coup, précis et puissant, qui achève la résistance de la grande brute.

Il me serait difficile de décrire la joie intense que je ressens lorsque je vois mon frère. Je n'étais pas prêt à mourir.

— Liam, qu'est-ce que tu fais ici ?

Ma voix tremble un peu, entre la bagarre, la peur et tout ce qui s'est passé les jours précédents. Mon frère, quant à lui, garde une mine sérieuse et coince le calibre dans sa ceinture. Je le vois de profil, il ne me regarde pas lorsqu'il m'explique d'une voix monocorde :

— Je t'ai vu partir par la porte arrière tout à l'heure. J'ai préféré te suivre de loin, te connaissant, tu t'attires toujours des ennuis ! J'ai failli te perdre, mais finalement, je suis arrivé juste à temps…

Juste à temps, c'est un euphémisme !

Ma première pulsion est de me lever et me jeter dans ses bras pour le remercier, mais je demeure paralysé au sol, la bouche béante, incapable de formuler une réponse. C'est probablement la fièvre qui me rend encore apathique.

Liam redresse Kavanagh et coince l'un de ses bras dans son dos. Il se tourne ensuite vers moi et je devine un timide sourire à la commissure de ses lèvres :

— Allez, Jack, ramenons ce gredin à la maison. Et vous, dit-il en tournant son regard vers Kavanagh, n'essayez pas de vous enfuir ou je vous brise le bras !

I I I

8 H

Les résidents commencent à envahir les allées du bourg, certains vont travailler, d'autres étendent le linge en extérieur. En pénétrant au cœur de ce lieu, ma poitrine se serre. Malgré les paroles de mon père, j'ai du mal à pardonner leur intolérance et les mots agressifs qu'ils ont eus envers la fillette. La douce et adorable Eire… Rentrer au village en compagnie de l'homme qui l'a certainement enlevée sans qu'aucune des personnes autour de nous ne lui vienne en aide… je ne peux empêcher la bile âcre de remonter dans ma gorge. Une envie de frapper contracte de nouveau mes poings.

Liam le remarque. Tenant fermement Kavanagh de sa main droite, il se positionne à mon côté et agrippe mon épaule. Sa présence arrive à atténuer ma colère, juste un peu. Mâchoire contractée, je continue ma route sans porter trop d'importance aux habitants qui nous dévisagent. Je préfère me concentrer sur Liam et admirer sa posture droite ainsi que la force qui émane de lui. Kavanagh n'essaie même pas de fuir. Il a tenté durant le trajet dans la forêt de s'échapper de l'emprise de mon frère, mais, sentant la résistance féroce et la douleur probable à son bras, cet homme a abandonné et avance maintenant devant nous, son bras droit toujours tordu dans son dos.

Enfin, nous poussons la porte d'entrée de la maison et un cri nous accueille, celui de ma sœur en découvrant mon visage tuméfié et le sang séché aux abords de mes narines. Heureusement qu'elle ne voit pas les hématomes que je dois avoir aux côtes.

— Jack ! Où étais-tu ? Après tout ce qu'il s'est déjà passé, tu crois vraiment que c'était judicieux de partir sans rien nous dire ? On était fous d'inquiétude ! s'exclame Aylin.

Puis, elle remarque son aîné qui pousse sans ménagement un homme lui-même bien amoché dans la maison et elle reste interdite devant nous, sans comprendre. J'entends alors des pas précipités qui s'amènent dans le vestibule, mon père et ma grand-mère, venant du bureau, puis ma mère qui demeurait dans le salon.

Tous en même temps, ils se mettent à parler :

— Jack, Liam, que vous est-il arrivé ? demande ma mère d'une voix inquiète.

— Pourquoi cet homme est ici ? interroge Deirdre avec suspicion.

— Tes points de suture ! s'exclame mon père, effaré, en observant mon visage noir de boue.

Liam temporise le flux de questions et se dirige vers le salon en entrainant Kavanagh dans son sillage. Il explique brièvement ce qu'il s'est passé dans la forêt en omettant le coup de feu qui aurait pu avoir raison de moi et en profite pour installer le faux inspecteur sur un siège en bois. Son explication amène irrévocablement de nouvelles interrogations de la part de ma famille, mais mon frère se tourne vers Kavanagh et répond d'une voix calme :

— Il sera celui qui nous confiera de plus amples clarifications. N'est-ce pas, Kavanagh ?!

L'homme demeure silencieux, le regard droit devant lui sur un point invisible. Une légère déception se lit sur le visage de mon frère. Cependant, Liam n'est pas le genre de personnes à se laisser impressionner par le premier obstacle. D'un ton froid, il articule avec exagération :

— Que les choses soient bien claires entre nous, vous parlerez. À vous de voir la meilleure manière de le faire ! Je n'aime pas le désordre inutile, mais je refuse de laisser un inconnu persécuter ma famille.

Il se penche alors vers Kavanagh et reprend d'une voix plus basse :

— Vous savez qui je suis, n'est-ce pas ?! Vous avez fait vos recherches, j'en suis certain. Alors, vous comprenez que lorsque je dis que vous parlerez, j'ai les moyens pour ça ! Et n'espérez pas de magnanimité de ma part parce que nous nous trouvons chez mes parents, je serai aussi intraitable qu'à mon habitude. Je vous demande donc de répondre, pourquoi étiez-vous dans la clairière ce matin, là où on a retrouvé l'enfant ?

Savoir que mon frère est membre de l'IRA et qu'il a participé à plusieurs de leurs actions, c'est une chose, l'entendre proférer des menaces en est une autre. J'ai beau avoir grandi avec lui, subi plus d'une fois ses humeurs et l'avoir vu dans des combats de boxe, l'intonation de sa voix et son regard clair devenu si dur arrivent à me glacer le sang. Je dois bien reconnaitre qu'à la place de Kavanagh, j'aurais été incapable de rester impassible. D'ailleurs, je remarque son œil gauche qui tressaute après les propos entendus.

Pour pousser davantage notre hôte à se dévoiler, j'interviens en utilisant les informations que m'avait apportées Neil O'Brien, il y a quelques jours.

— Nous savons que vous avez travaillé dans l'armée, avant d'être blessé en 1923 lors de la guerre civile contre les adversaires du traité de Londres. Nous connaissons aussi votre situation familiale. Orphelin de père et de mère, vous vous êtes occupé de votre sœur et de votre petite nièce après la guerre. D'ailleurs, vous rentrez une certaine somme d'argent tous les mois, pourtant on ne vous connaît aucun nouveau métier...

peut-être devrions-nous nous rendre dans votre famille à Cork pour poser quelques questions. Après tout, vous ne vous êtes pas gêné pour importuner la mienne !

Son expression de défi se délite.

— Je vous en prie, ma famille n'y est pour rien !

— Eire non plus, pourtant on connaît le résultat, je réplique avec amertume.

Il soupire, puis acquiesce.

— Aucune raison de prendre vos grands airs, je vais coopérer. J'ai été envoyé là-bas pour vérifier les lieux.

Une réponse succincte qui suscite plus d'interrogations.

— Mais encore ? je demande, agacé.

Il se tourne vers moi, toussote, puis reprend, impassible :

— Je travaille pour le comté de Galway. Je n'avais pas vraiment menti lors de notre première entrevue, mon poste est juste différent de celui d'inspecteur. On m'a indiqué le décès d'une enfant survenu dans la forêt, la nuit de lundi à mardi. Je devais me rendre sur place pour dénicher de possibles indices. C'est une véritable tragédie, ce qui lui est arrivé à cette pauvre enfant.

Une expression avenante se dessine sur son visage. À cette vue, aussitôt la rage m'accable et je sens le rouge monter à mes joues. J'aimerais me jeter sur lui et lui faire regretter son ton innocent. Je grogne entre mes dents serrées :

— Ne nous prenez pas pour des idiots, Kavanagh ! Il y a des témoins qui vous ont vu embarquer Eire lundi. Vous n'êtes pas venu ce matin pour comprendre ce qui lui est arrivé, mais pour couvrir vos traces !

Peu d'habitants avaient accepté de me répondre lundi durant ma quête pour retrouver Eire et les quelques personnes m'ayant répondu de mauvaise grâce n'avaient pas formellement identifié Kavanagh, juste évoqué la forme massive d'un homme. Mais je suis sûr de ce que j'avance, alors un petit mensonge pour dénicher la vérité ne peut pas faire de mal. Mal à l'aise, il remue sur son siège.

Puis je poursuis en le fusillant du regard :

— Elle n'avait que cinq ans. Eire n'avait que cinq ans, un âge similaire à celui de votre nièce, si je ne m'abuse...

Cette fois, Kavanagh abdique et baisse les yeux, une expression horrifiée sur le visage.

— Écoutez, je ne voulais pas faire de mal à la gamine ! C'était un accident...

Devant cette pathétique supplique, je ne peux contenir davantage la fièvre de ma furie. En deux enjambées, je me dresse devant lui et lui assène un crochet, à la fois bref et compact, je sens sa mâchoire vibrer contre mon poing. Sous la force de mon coup, l'homme chavire et s'étale au sol. Soudain, je sens des bras m'enserrer la poitrine pour me retenir.

Liam m'écarte tandis que mon père aide Kavanagh à se remettre sur la chaise. Je devrais me sentir mal pour avoir frappé un homme sans défense, mais quand je le vois, je pense au canon pointé sur ma tête, j'imagine la peur d'Eire lorsqu'il l'a emmenée loin de moi... et alors il ne reste que ma haine envers lui.

Mon père prend donc les devants et poursuit l'entretien, gardant un œil sur moi et mon frère qui me maintient toujours.

— Comme l'a signifié mon fils, nous savons que vous vous êtes introduit chez nous par effraction pour kidnapper la fillette qui était sous notre garde. Pouvez-vous m'expliquer pourquoi un homme qui travaille pour le comté de Galway est venu la prendre ? Lorsque nous avons trouvé Eire au village et après avoir découvert les sévices qu'elle avait subis, j'ai contacté moi-même les autorités, alors pourquoi toutes ces supercheries qui ont mené à ce drame ?!

— Je ne suis pas payé pour poser des questions, Mr Donegan. J'exécute les ordres, voilà tout. J'ai essayé de la récupérer en vous parlant…

Je lui coupe aussitôt la parole en ajoutant avec rancune :

— En nous menaçant surtout !

Il fait abstraction de mon interruption et continue :

— Tout ce que je sais, c'est qu'ils s'impatientaient dans la hiérarchie. Alors j'ai profité lundi matin du fait qu'il n'y ait presque plus personne chez vous pour venir chercher l'enfant. Cela a été rapide et simple, elle dormait dans une chambre juste à côté de la porte de derrière. J'étais garé à la lisière de Merlin Meadow. Je devais juste lui faire traverser le bois pour rejoindre ma voiture, mais nous avons été pris sous l'orage. La gamine s'est alors réveillée et agitée, elle a appelé à l'aide (il se tourne alors vers moi), votre prénom d'ailleurs, puis elle a réussi à se dégager et s'est enfuie. J'ai mis du temps à la retrouver. Elle a dû glisser sur des racines couvertes de mousse humide et sa tête s'est fracassée contre une pierre. Elle ne respirait plus quand je suis arrivé. J'ignorais quoi faire, je n'avais pas prévu qu'elle meure ! Je l'ai redressée et adossée contre un arbre, je voulais donner la sensation qu'elle dormait…

À cet instant, la voix de Kavanagh se brise, il baisse la tête et reprend dans un murmure :

— Voir la gamine ainsi, imaginer ma sœur à la place, ça m'a… j'ai paniqué et je suis parti. Ça n'a pas plu à mes supérieurs. Alors, à défaut de ramener son corps, ils ont voulu être sûrs que je n'avais pas laissé échapper des indices sur place.

Face aux révélations, ma famille reste figée de stupeur par la complicité du comté. Mon père s'exclame :
— Mais, pourquoi ?
— Personne ne devait dénicher la vérité sur l'enfant et d'où elle venait.

Voyant que nous restons tous à le fixer, attendant la suite, Kavanagh poursuit en secouant la tête :
— Je n'ai aucune idée de cette vérité qu'il faut cacher ! J'ai juste surpris une discussion au sujet d'un couvent dans la ville de Tuam. Comme je vous l'ai dit, mon travail est de suivre des ordres, je m'occupe souvent de faire pression et d'éviter que certaines affaires ne s'ébruitent. On m'a demandé de veiller sur certaines familles, dont les Walsh, et de récupérer la fillette, voilà tout. Je n'ai jamais voulu que ça aille si loin...

Mon aigreur s'est transformée et, tandis que je dévisage l'homme à la large carrure, courbé sur son siège par sa culpabilité, un élan de dégoût m'anime. Répugné par la facilité de Kavanagh à excuser son geste en prétextant suivre des ordres et mortifié par la haine que j'ai ressentie. Maintenant que j'ai entendu son explication, tout ce que je conserve est une froideur pour cet homme sans réelle conviction et cherchant à se dédouaner. Quant au couvent, je suis trop vidé pour ressentir la moindre émotion à son égard.

Je demande toutefois dans un calme qui m'épate moi-même :
— Pour les scènes de chaos chaque nuit au village, c'était vous aussi ? Vous désiriez monter le village contre Eire ?

Il me dévisage sans comprendre :
— Je n'ai rien à voir avec ces évènements, j'ai une approche plus directe dans mon travail. J'ai voulu créer la

discorde et je suis passé au village à plusieurs reprises pour agiter les esprits à votre sujet, mais rien de plus...

Il m'avait déjà relaté cela et je ne l'avais pas cru, mais s'il dit vrai, qui est à l'origine des tourments vécus au village depuis une semaine ?

IV

22 H

— J'ai une idée, mais il faudra attendre la nuit tombée !

Voilà tout ce que j'avais indiqué aux membres de ma famille après notre entretien avec Kavanagh.

Je ne leur avais jamais révélé comment j'avais débusqué la vérité sur l'affaire de la Banshee qui hantait le parc d'Ashford, il y a un mois. Orchestrer une cérémonie païenne et prétendre entrer en communion avec le monde du Sidh… ma grand-mère n'aurait sûrement pas apprécié cette farce.

Une certaine honte m'habitait encore. Pourtant, grâce à la mascarade, les différents acteurs de l'affaire avaient fini par se dévoiler. Je me disais que si cela avait marché une fois, je devrais pouvoir réitérer l'expérience ! Après tout, la foi et la peur sont de puissants outils. Alors, nous avons passé le reste de la journée à préparer la mise en scène prévue dans la soirée.

— Neil et Aylin, vous serez chargés des lumières et effets sonores à l'extérieur de la bâtisse. Liam, toi et moi, nous jouerons les rôles principaux de l'apparition.

Ça a été long et fastidieux, mes parents et ma grand-mère n'étaient pas convaincus du bien-fondé de notre entreprise, Deirdre surtout se montrait récalcitrante à l'idée d'une telle supercherie, mais nous sommes enfin prêts…

Lorsque la nuit survient, l'obscurité n'est pas totale. La lune est bien pleine et aucun nuage ne vient en atténuer sa clarté, projetant une douce ambiance onirique sur le couvent de Tuam. Les sœurs sont toutes rassemblées dans la chapelle à cette heure, pour les Vêpres, la prière de la tombée de la nuit. C'est l'instant parfait, dans l'atmosphère confinée des bougies, au moment où leur adoration demeure à son paroxysme.

Je pénètre dans ce lieu de culte en passant l'immense porte en bronze, lourde et bruyante à ouvrir. Aussitôt, les sœurs se tournent pour trouver la source du boucan et, en me découvrant sur le pas de la chapelle, leurs visages expriment l'outrage. J'ignore leurs regards courroucés et avance dans la nef en scandant avec ardeur :

— CONSTANCE MCCAULEY !

J'oublie délibérément son titre pour marquer mon irrespect. Je refuse de me plier aux conventions après ce qui est arrivé à Eire. Même si je dois rester vigilant pour accomplir l'ouvrage organisé dans la journée, ma colère me sera utile pour asticoter ces religieuses. Sous couvert de leur dévotion, ces femmes n'ont montré aucune once d'humanité.

La mère supérieure se lève du banc et accourt dans ma direction pour me stopper.

— Comment osez-vous profaner ce lieu saint ?! Vous devriez avoir honte de troubler nos prières.

— Rassurez-vous, s'il y a une honte, c'est de votre côté qu'il suffit de chercher ! Comment avez-vous pu lui faire du mal… Eire n'était qu'une enfant innocente. Innocente, mais emprisonnée dans la toile de votre hystérique idolâtrie. De sombres desseins étaient en marche depuis que ma famille et moi l'avions trouvée, je n'aurais pas cru votre piété si corrompue…

Le visage face à moi rougit sous l'assaut de mes paroles. Elle ouvre la bouche pour rétorquer, mais je ne lui en laisse pas le temps.

— Épargnez-moi vos mensonges, je sais ce que vous avez fait !

Je dévisage Constance McCauley puis je balaie du regard les bonnes sœurs choquées par mes propos.

— Vous êtes coupables, toutes autant que vous êtes et vous devrez répondre de vos actes face à la colère de Cernunnos et des fées que vous avez lâchement utilisés.

Un rire caustique s'échappe de la mère supérieure et je remarque une expression similaire se peindre sur les visages des bonnes sœurs. Aucune ne me prend au sérieux. Parfait.

À une ou deux reprises, Constance McCauley se racle la gorge. Puis elle proclame, amusée par mon impertinence :

— Nous n'avons que faire de vos vieilles superstitions ! Dieu demeure unique et il connaît la piété de notre foi. Nous ne craignons rien ni personne…

Le reste de sa phrase se retrouve noyé sous un écho cacophonique. D'étranges murmures résonnent au travers des murs du couvent. Puis un fracas retentit, un son strident et aigu qui vocifère tout autour de la chapelle. Ce n'est pas le tonnerre, la turbulence est marquée par un bruissement métallique. L'inconnu vacarme commence d'ailleurs à inquiéter les religieuses qui balaient le lieu du regard. De mon côté, je reste sur mes gardes et profite de l'effervescence pour observer les attitudes de chacune.

Soudain, une volute opaque envahit la chapelle, s'infiltrant par la porte restée ouverte. Rampant et sinistre, le nuage sibyllin stagne vers le sol et enveloppe les pieds des religieuses se trouvant sur son passage. D'incroyables lueurs colorées serpentent sur la brume, provoquant aussitôt la panique chez les bonnes sœurs. Elles se redressent pour venir se réfugier vers la zone opposée à la porte, le chœur. Il ne reste plus que Constance McCauley et moi, toujours sur le chemin de la nef.

C'est à cet instant qu'un bruit de pas se fait entendre.

Une forme indistincte se découpe dans l'entrebâillement de la porte, dessiné par le contour pâle de la lune et les remous du brouillard. La silhouette, massive, approche et enfin nous distinguons deux ramures qui se dressent au-dessus de sa tête.

Une clameur s'élève dans le fond de la chapelle, certaines bonnes sœurs s'affaissent au sol en criant, d'autres demeurent tétanisées, les mains jointes en murmurant des prières. La mère supérieure elle-même change de couleur et recule.

Je me tourne, dos à l'apparition, pour faire face aux religieuses.

— Je vous avais prévenues. L'ovate de notre village, ma grand-mère, connaît l'art ancestral et elle a fait appel aux créatures de l'Autre Monde pour accomplir ma vengeance !

Pour ponctuer ma terrible sentence, des bruits comparables à des griffes viennent gratter contre les vitraux. D'étranges ombres de mains tordues se baladent et provoquent les terribles sons. Une horreur stridente et perçante qui rebondit contre les vieilles pierres.

Sous la pression, l'une des sœurs, assez jeune de ce que je constate, gémit :

— Elle nous a ordonné de le faire ! Je vous en prie, la mère supérieure nous l'a ordonné.

Le rouge revient teinter les pommettes de Constance McCauley. Elle garde un maintien bien droit et un regard sévère.

— Ne dites plus un mot ! Tout ceci n'est qu'une imposture, une tromperie de la pire espèce. Notre serment nous protège contre le mysticisme des païens. Gardez la foi…

Mais les murmures des religieuses apeurées se font plus forts et confirment la parole de la première bonne sœur.

— Qu'avez-vous fait ? je demande avec force. Confessez votre implication et peut-être Cernunnos partira-t-il…

Ma voix ricoche en un écho, amplifié par l'acoustique de la chapelle. Derrière moi, j'entends résonner les pas lents de la silhouette qui se rapproche encore. La lumière des bougies vacille, projetant des ombres grotesques sur les murs. L'aura mystique et inquiétante semble briser les dernières résistances. Une sœur plus âgée craque sous la pression et gémit en tremblant :

— Nous devions semer la discorde pour renforcer la croyance qu'un *changeling*, une créature maléfique, se cachait sous les traits de la fillette.

— Oui, proclame une autre, nous avons endossé des capes, créé un autel celte dans la forêt et utilisé les chevaux des paysans de Tuam…

— Votre comportement envers la fillette nous a poussées à de telles extrémités !

Je reste sidéré en entendant tout cela. Aucune d'elles ne semble habitée par le remords, elles parlent juste sous la pression de la peur.

— Pourquoi ? je demande d'un ton d'incompréhension. Pourquoi aller aussi loin pour nuire à Eire ?!

La question du pourquoi tourmente mon esprit depuis le début de cette étrange affaire. Pourquoi une fillette se retrouverait à errer hagarde, pourquoi des créatures issues de la mythologie celte viendraient hanter un village, pourquoi des enfants sont-ils enlevés à leur mère… ? Oui, pourquoi ?!

— Il ne fallait pas que l'enfant parle. Protéger le couvent coûte que coûte, voilà notre devoir.

Après une courte hésitation, je m'exclame :

— Quel devoir ? Que cachez-vous ?!

Mais les sœurs face à moi secouent la tête, visiblement troublées. Constance McCauley, qui était restée assez calme jusque-là, se positionne devant les religieuses :

— Il n'y a rien de plus à dire.

Sa voix est posée et ne souffre d'aucune contestation. Elle se tourne ensuite vers moi :

— Jack Donegan, vous ne comprenez pas l'importance de notre serment. Votre vérité n'est pas la nôtre, alors vous n'avez rien à faire avec les affaires de l'église. Vous êtes prié de quitter les lieux, vous et la horde qui a organisé cette mascarade !

V

22 H 45

La chapelle est assiégée par la confusion et lorsque je me dirige vers l'extérieur, j'entends encore les bonnes sœurs s'agiter à l'intérieur tandis que la mère supérieure tente de les calmer.

Je peux me montrer satisfait par la tournure des évènements, notre sordide mise en scène a révélé enfin les abjectes manipulations des religieuses. Liam, qui vient d'abandonner les cornes et la cape de son déguisement au sol, me fait d'ailleurs remarquer notre réussite. Pourtant, je conserve un goût amer dans la bouche, je n'ai pas entendu les confidences espérées. Elles ont su conserver jusqu'à la fin, les sombres secrets que Madenn Walsh a su nous esquisser. Je ne peux m'arrêter maintenant, je suis si près de la vérité. Elle sera infâme, j'en suis convaincu, mais je ne peux abandonner Eire encore une fois.

Alors, malgré leurs hésitations, j'envoie Aylin et Neil vérifier l'aile est du couvent où se trouvent les dortoirs des enfants. Peut-être y dénicheront-ils des preuves de leurs maltraitances ? Liam et moi irons au cœur du problème, dans le bureau de Constance McCauley. J'espère profiter encore un peu du désordre qui règne après notre esclandre. Mais combien de temps avons-nous ?

Nous nous séparons tous les quatre sans un mot.

Liam et moi longeons le couloir en catimini, laissant nos souliers glisser sur le parquet en évitant de trop faire craquer ces vieilles planches de bois. Le silence règne dans le couvent, perturbé toutefois par des bruits lointains de pas pressés. Le corridor demeure vide, à peine éclairé, nous donnant l'opportunité de nous mouvoir sans être vus. Mais nous ne sommes venus qu'une seule fois et notre sens de l'orientation à mon frère et à moi laisse à désirer. À plusieurs reprises, nous nous trompons de direction et nous devons revenir sur nos pas. Les minutes passent, trop longues, lorsqu'enfin nous trouvons la porte que nous cherchions. Comme à l'orphelinat, je m'agenouille et dix secondes me suffisent pour crocheter le verrou. Ces anciennes bâtisses conservent des serrures peu sûres.

Liam m'arrête avant que je n'ouvre la porte, il pose son doigt sur sa bouche pour m'intimer le silence et passe le premier. Son corps bouge avec vitesse et ses appuis sont solides. Il parcourt la pièce avec suspicion, avant de se détendre.

— C'est bon, Jack, c'est libre !

J'entre et referme la porte puis le dévisage d'un air moqueur.

— Après le spectacle que nous leur avons servi, crains-tu réellement que la mère supérieure ait préféré abandonner ses ouailles pour vérifier si nous ne pénétrions pas dans son bureau ?!

— C'est ce que j'aurais fait ! Et puis, nous avons perdu un peu de temps sur le chemin en venant ici, elle aurait pu avoir l'occasion de... Bon, que cherches-tu ici ?

Je me racle la gorge, mal à l'aise. En vérité, j'ignore ce que je cherche, un indice sur ce qu'il se trame, mais quelle apparence aura-t-il ?

— Tout ce qui sort de l'ordinaire et qui aurait un rapport avec le trafic d'enfants. Madenn Walsh nous a menti sur l'implication de l'orphelinat, mais l'affaire reste réelle.

Mon frère s'exécute aussitôt, il est habitué à travailler dans l'illégalité. Il s'approche donc d'une étagère et commence à l'inspecter. De mon côté, je me dirige vers le bureau et commence par le dernier tiroir, là où à l'orphelinat, j'avais trouvé le livre de comptes. Hélas, je ne trouve rien de probant. Je me redresse pour demander à Liam s'il déniche des éléments, lorsque mon regard est happé par le mur en face de moi.

Le bureau dans lequel nous nous trouvons exhale un parfum rance, augmentant son austérité. Dans la pénombre et la rudesse du lieu, ces dessins semblent presque vivants, cherchant à nous appeler. Cela m'a fait le même effet la première fois que nous sommes venus ici. Ce mur, rempli de dessins d'enfants, m'a comme hypnotisé. La candeur des coups de crayon, les couleurs vives pour montrer des choses si étranges... Il reste évident que les illustrations ont été dessinées par différents enfants. Les traits sont trop singuliers et distincts les uns des autres. Pourtant, chaque fois un motif est représenté : un immense arbre avec dans le feuillage deux points rouges que j'assimile à des yeux diaboliques. Que représentent ces yeux ? Sont-ils le regard du tourmenteur, Constance McCauley ? Ou bien un signe qu'une chose néfaste se déroule près de cet arbre ?

Oui, malgré les teintes éclatantes et chaudes, malgré les motifs tout aussi naïfs, un sentiment d'angoisse et de mystère émane de cet arbre et de ces deux points rouges malveillants.

J'attrape donc certaines œuvres que je dissimule dans ma poche, mais je suis arrêté dans mon action par la porte qui s'ouvre à la volée.

— Je me doutais que vous n'étiez pas repartis. Le respect reste une étrangeté pour vous, n'est-ce pas ?! s'exclame la mère supérieure.

Je reste un instant interdit devant cette femme à l'allure si sévère et opiniâtre. Elle poursuit avec véhémence :

— Je pourrais aisément vous faire virer de mon couvent, qu'importe l'heure !

Je reprends contenance.

— J'ai eu la sensation que nous n'avions pas terminé notre discussion dans la chapelle. J'ai préféré demander un entretien privé, je réplique en essayant de contrôler ma colère.

Constance McCauley, impassible, entre dans le bureau, laissant la porte entrouverte. Son regard courroucé glisse de moi à Liam.

— Je n'ai rien à ajouter !

— Très bien, alors vous vous contenterez d'écouter. Certaines allégations nous sont parvenues vous concernant, sur les mauvais traitements subis par vos résidents.

Devant son silence, je poursuis :

— Madenn Walsh a déclaré que son fils lui avait été enlevé, et avait même été vendu…

— Madenn est une jeune femme très perturbée, me coupe la mère supérieure. Son esprit n'a pas très bien supporté la honte qu'elle a jetée sur sa famille. Une grossesse hors mariage, vous rendez-vous compte ?! Nous avons fait le nécessaire, mais son esprit demeure confus et empreint de paranoïa. Certains accouchements provoquent des hystéries chez les femmes fragiles. Votre père est médecin si je ne m'abuse, vous me l'aviez dit la dernière fois, il doit le savoir !

— Ce livre de comptes atteste pourtant le témoignage de Madenn !

Avec une joie sauvage, j'exhibe le carnet trouvé à l'orphelinat, exposant ensuite toutes les preuves découvertes à l'intérieur qui relient les notes au couvent. Constance McCauley remue, peut-être mal à l'aise, puis darde son regard de rapace dans le mien.

— Vous parlez de vente, comme d'une chose affreuse, nous avons simplement trouvé un nouveau foyer à un enfant dans le besoin.

— Moyennant de l'argent et contre le consentement de la mère ! je rétorque.

Je ne peux empêcher un grognement de sortir de ma gorge face à sa répartie, cette femme pense avoir réponse à tout ! Mais je ne perds pas contenance et reprends avec une pointe d'aigreur dans la voix :

— De plus, mon père a constaté des maltraitances de longue date sur Eire…

Ma voix se brise, prononcer son prénom m'est insupportable. Constance remarque mon trouble et un sourire narquois étire les traits de son visage.

— Ah oui, la fillette aux yeux du malin ! Avez-vous des preuves qu'elle était l'une de nos résidentes ? Non, bien sûr que non. Vous aboyez, mais rien d'autre ! D'ailleurs, j'ai appris la terrible nouvelle. Peut-être aurait-il mieux valu nous la confier après l'avoir trouvée, cela aurait évité à un tel drame d'arriver.

Une suffocante chaleur inonde mes joues et se propage sur mes oreilles. Une fièvre comparable à celle ressentie dans la forêt. Mon corps serait prêt à chavirer en entendant ces paroles. J'aimerais lui cracher ma hargne à la figure, mais je m'abstiens, trop affligé par mon sentiment de faute. Liam en profite pour s'imposer.

— J'ai ici un registre des enfants nés dans votre établissement, et j'ai remarqué un prénom en particulier. Êtes-vous sûre de vouloir poursuivre la rengaine de « la gamine ne vient pas de chez nous » ?!

Lèvres pincées, Constance McCauley se mure dans le silence, mais je sens monter une recrudescence de mon énergie à l'idée de l'avoir clouée sur place. Puis, dans l'entrebâillement de la porte, j'aperçois subitement ma sœur et Neil arriver. Ils ne devaient pas venir nous retrouver et avec leurs mines affligées je m'attends au pire. Aylin pénètre dans la pièce, essoufflée. En découvrant la mère supérieure avec nous, les sourcils de ma sœur froncent, une grimace de dégoût se peint sur le bas de son visage et elle s'approche d'elle avec colère :

— Comment pouvez-vous traiter ces enfants d'une telle manière ?!

— Aylin ? demande mon frère étonné par le ton froid et accusateur de notre sœur.

— Neil et moi, nous nous sommes rendus dans les dortoirs. Les conditions sont inqualifiables ! L'odeur est suffocante là-bas, les enfants n'ont aucune aération, sont entassés les uns sur les autres et, d'après ce que j'ai senti, certains d'entre eux restent dans des linges imbibés d'urine. Beaucoup toussent, ne leur donnez-vous aucun accès à des soins médicaux ?

Je la regarde, accablé par son allocution, imaginant sans peine Eire dans l'un de ces minuscules dortoirs. Face aux griefs, Constance McCauley se redresse pour affronter le regard dédaigneux d'Aylin.

— Vous ne connaissez rien à l'éducation, ma chère, répond la mère supérieure, une lueur brillante dans les yeux. J'instruis ces enfants et je les aide à expier les fautes de leur mère ! Je fais d'eux de futurs hommes et femmes convenables. Certains enfants ont la chance de trouver une nouvelle famille, ce sont les plus calmes, d'autres doivent rester auprès de nous pour être éduqués…

Je me sens incapable de répondre, toujours perdu dans les images que me projette mon cerveau. Aylin au contraire se montre véhémente et agressive, trop affectée par l'injustice dont elle est témoin.

— N'avez-vous aucune compassion ? Ne comprenez-vous pas l'horreur de votre enseignement ? Vous les brisez, ne leur apprenant que la peine et la peur.

À ces mots, je revois la petite Eire, si fragile le premier jour, alors qu'elle n'osait pas parler. Une expression perpétuelle de tristesse et de confusion semblait alors posséder son visage. L'instant où elle a ri a été le plus beau de mes souvenirs. Ces souvenirs raniment ma douleur, et je serre les poings pour contrôler mon émotion. Constance McCauley en profite pour répondre avec condescendance à ma sœur.

— Je sais bien mieux que vous ce dont ils ont besoin. Je suis moi-même née d'une relation illégitime, la faute commise par ma mère m'a alors incombé.

Une ombre de douleur passe sur son visage lorsqu'elle nous avoue cela. Elle poursuit néanmoins :

— Les privations et les disciplines strictes de mon éducation ont sauvé mon âme ! La rigueur monacale est l'unique rédemption pour ceux nés hors mariage. L'unique façon de racheter, aux yeux de Dieu et de la société, une naissance bâtarde. Grâce aux bonnes sœurs qui m'ont élevée, j'ai découvert la nécessité de la souffrance. L'isolement comme moyen d'éradiquer toute rébellion, l'austérité pour prévenir toute vanité ; cette discipline apporte du réconfort.

Le monologue de la mère supérieure me fait froid dans le dos. Elle semble totalement en accord avec sa ligne de conduite. Le fait de reproduire ce qu'elle a elle-même connu et enduré lui paraît normal. À mes yeux, cela la rend pathétique. La rage grandissante dans mon cœur depuis la mort d'Eire fond et la pitié demeure l'unique sentiment. Soudain, les mots de mon père la veille prennent plus d'ampleur : « La cruauté n'apporte rien de positif, on s'enferme dans une boucle où chaque horreur apporte une nouvelle forme de ripostes et de sanctions... »

V I

23 H 15

Des nuages viennent corrompre le ciel nocturne, tamisant l'éclat de la lune. Ce voile sombre enveloppe la bâtisse religieuse d'une ambiance inquiétante, et j'imagine sans peine nos silhouettes qui se détachent de ce tableau. Le calme de cette heure tardive n'est rompu que par le souffle court de mes compagnons à l'arrière. Ils me suivent avec empressement, sans comprendre ma motivation. Mais comment leur avouer cette intuition qui enfièvre mon corps ? Mes actions n'ont aucune logique, poussées par la subjectivité de mes émotions. J'ai sûrement tort et je les entraine donc dans une entreprise en tout point illégale. Pourtant, je poursuis ma route.

Ma sœur trottine jusqu'à moi et m'interpelle :

— Je ne comprends pas bien pourquoi on se dirige au fond du parc. On devrait rentrer, Jack. On a assez de preuves pour aller voir les autorités ! Le couvent sera définitivement fermé après notre témoignage sur les maltraitances.

Ses paroles sont aussitôt appuyées par Neil :

— Entre les lettres de Madenn et les aveux récoltés ce soir, j'ai de quoi écrire un article prometteur qui mettra fin à ces agissements regrettables.

Je secoue la tête, regrettant déjà les paroles que je m'apprête à dire.

— Je sens... non, je sais qu'il y a autre chose. Les dessins des enfants sont une preuve. Je dois savoir ce qu'ils signifient... Le couvent semble bien protégé d'après ce que nous a déclaré Kavanagh. Je crains que nos preuves ne soient pas suffisantes. Mais vous n'êtes pas obligés de m'accompagner...

Mes explications manquent de clarté et de précision et, malgré l'obscurité de la nuit, je devine les expressions confuses sur les visages de mes compagnons. Malgré les objections et le bon sens, je souhaite vérifier. Étonnamment, mon frère Liam n'a encore rien dit quant à mon souhait de venir ici et ma demande, en sortant du bureau de Constance McCauley, de prendre au passage des pelles dans la réserve du jardinier.

Il me dévisage longuement puis acquiesce.

— On te suit, Jack.

Son soutien me rassure. La confession de la mère supérieure quelques minutes plus tôt résonne encore dans ma tête : entre ses aveux sordides et son terrible passé. Pourtant, à cet instant où je mène mon frère, ma sœur et Neil dans ce parc, c'est l'inéluctable destin d'Eire qui drape mon esprit d'une farouche détermination. En m'avouant enfin les raisons de la fuite de cette fillette de cinq ans, Constance McCauley a brisé mon cœur une nouvelle fois.

Un peu plus tôt, toujours dans son bureau alors que nous nous faisions face, je lui avais demandé d'une voix que j'avais tenté de maitriser :

— Vous ne m'avez toujours pas dit pourquoi Eire vagabondait seule dans notre village ?

Bien sûr, les mauvais traitements subis au couvent étaient une raison suffisante pour fuir, mais j'étais perplexe. Eire est... *était* si jeune et je demeurais persuadé qu'un évènement précis avait dû la convaincre de partir.

La mère supérieure montra pour la première fois un signe de faiblesse. Mal à l'aise, elle répondit d'une petite voix :

— Le frère d'Eire est décédé quelques jours avant. Elle a alors profité de la messe du soir pour sortir en contournant la vigilance des gardiennes. Seule une créature possédée par le malin pouvait ainsi s'échapper du couvent. Une preuve que cette enfant ne pouvait être sauvée…

Aylin l'avait alors questionnée davantage pour comprendre les circonstances de ce décès, mais Constance n'avait pas cédé.

Ma seule pensée à cet instant précis était pour Eire : comment avait-elle pu survivre à tout cela ? La perte d'un frère. Liam, Aylin et moi, nous connaissions bien l'horrible douleur engendrée.

Alors, avec le supplice d'un cœur à l'agonie, je n'ai pas pu partir aussitôt. Un doute terrible m'avait pris. Un doute que je désirais vérifier.

Nous voilà donc sur le chemin. Après avoir déjoué la vigilance des bonnes sœurs revenues enfin de la chapelle, et récupéré le nécessaire pour creuser un trou, je dirige mes trois comparses tout droit dans le parc du couvent, là où se dresse un arbre immense. Le vieux chêne au large tronc tordu, sûrement centenaire, tend ses bras squelettiques vers le ciel dans une pose alanguie où quelques touffes de feuillages viennent habiller la cime de ses branches. À ses pieds, la terre est meuble. Des buissons d'aubépine et de roses ont été plantés il y a peu de temps.

— C'est ici, les dessins montrent cet arbre.

En prononçant ces mots, je sors de ma poche les illustrations en question.

— Je sais, mon explication parait maigre, mais tu te souviens Liam, le jour où nous sommes venus au couvent, un jardinier plantait les arbustes pile ici. C'est peut-être anecdotique, mais le motif de cet arbre revient constamment dans le dessin des enfants, comme une entité mystique et mauvaise…

Mon frère s'arme de la pelle et me demande sans sourciller :

— Parfait, où veux-tu que nous creusions ?

Cette simple phrase sonne le début de l'action. L'approbation de Liam atténue les doutes de Neil et Aylin et, ensemble, nous nous mettons au travail.

Nous n'avons trouvé que deux pelles, alors le journaliste et ma sœur pour commencer nous éclairent la voie avec les lampes utilisées quelques heures plus tôt pour effrayer les religieuses dans l'église. Mon frère et moi, de notre côté, attaquons le sol et délogeons les buissons épineux. Avec les orages des derniers jours, le sol demeure souple. Pourtant, après quelques coups pour excaver la terre, la fatigue m'accable et mon souffle vient à me manquer.

Les minutes passent, le trou s'élargit, mais toujours rien. Neil qui nous observe chuchote avec empressement :

— Jack, enfin, c'est insensé. On perd notre temps ici, il n'y a rien !

Malgré des perles de sueur qui gouttent de mon front, je refuse et réponds avec détermination :

— Je dois savoir.

Chaque fois que la pelle mord le terrain, les muscles de mes bras hurlent et j'entends mon sang cogner contre mes tempes. Chaque fois que ma pelle percute une pierre et bloque mon avancée, je tressaille en revoyant la silhouette sans vie d'Eire. Mon corps et mon esprit conservent les stigmates de ma mésaventure dans la forêt. Je suis éreinté, je ne souhaite que capituler, pourtant une force étrange me pousse à continuer.

Neil s'approche alors de moi et attrape ma pelle. Il me pousse gentiment sur le bas-côté et poursuit ma tâche en rythme avec Liam. Ma reconnaissance n'a guère de limites lorsque je les vois tous les deux s'enfoncer dans la terre pour creuser encore davantage.

Quelle heure est-il ? J'ai perdu la notion du temps depuis notre mise en scène dans la chapelle. Je ne me souviens même pas de la dernière fois où j'ai eu une vraie nuit de sommeil. Je commence à désespérer lorsque la pelle de Neil heurte un objet dur dans le sol, trop lisse pour être une pierre. Je saute aussitôt dans la fosse puis me penche, les mains tremblantes par l'excitation et l'appréhension. Je dégage la terre, frotte la matière pour en discerner les contours. La boue qui se décolle révèle un petit crâne noirci par le feu.

Dans ma surprise, je fais tomber l'os au sol. Neil qui tient toujours la pelle dans la main écarquille les yeux et s'exclame :

— Je n'y crois pas !

— C'est... c'est impossible... souffle Liam avec horreur.

Aylin qui vient de comprendre, tombe à genoux et sanglote, la main pressant sa bouche pour étouffer le cri horrifié qu'elle voudrait lâcher. Son visage exprime un mélange de tristesse et de rage. De mon côté, je suis trop abasourdi pour réagir. C'est ce que j'avais craint.

Hélas, ce n'est pas le seul ossement. Il y en a d'autres, beaucoup d'autres...

— Voilà donc pourquoi on a voulu faire taire Eire ! Il n'y a aucune sépulture, il s'agit d'une fosse illégale. Le couvent ne doit pas vouloir que cela s'ébruite, d'où cet acharnement contre Eire.

SEPTIÈME PARTIE

LA VÉRITÉ S'ÉVEILLE CETTE DERNIÈRE SEMAINE

JEUDI 22 AOÛT 1929

I

12 H 15

Il y a des maux dans les silences, des vérités qui dérangent et des pensées qui assassinent. L'écho des mensonges divulgue des secrets, des vérités inavouables, empoisonnant nos valeurs et distillant sa vilénie.

Je m'interroge, les monstres existent-ils vraiment ?

Ceux de nos cauchemars et de nos cœurs meurtris... Ceux qui profitent d'un instant d'inattention, d'une faiblesse, pour planter leurs griffes pleines de fiel dans nos organes si fragiles. Ils sont assimilés à la noirceur qui entrave la lumière de nos vies.

Où se situer dans cet infernal destin ?

Je hais ce mot, *destin*. Il n'est là que pour bercer d'illusions. Nous donner la sensation d'une fatalité d'existence où nous n'aurions pas le contrôle. Qu'importe nos choix alors, qu'importe nos valeurs !

En suivant cette pensée déterministe, nous acceptons tout, sans chercher à nous extirper de situations inconfortables. Nous plions devant une pensée unique plus imposante que la nôtre, et notre individualité n'a plus d'importance. Ainsi, ce qui sort de l'ordinaire devient dangereux et nous effraie, et c'est ainsi que naissent les montres.

Mais qui sont les monstres ?

Une entité ou un être anormal. Par son apparence, son comportement, le monstre inspire la peur et le mépris, il est alors rejeté, maltraité… Il n'est qu'obscurité et, de ce fait, il doit repartir dans l'oubli.

Eire était donc un monstre, par sa naissance hors mariage dans une société conservatrice, et par son regard si atypique. Les autres enfants du couvent, aussi. Des créatures infâmes venues compromettre l'ordre établi.

Alors, pouvais-je vraiment m'attendre à une autre fin que celle-ci ? J'ai probablement été contaminé par la naïveté de cette adorable fillette que j'ai eue sous ma responsabilité.

Après nos découvertes au couvent, nous sommes rentrés, sous le choc, réalisant l'ampleur de l'horreur. Dès le lendemain matin, nous avons alerté les autorités sur l'implication dans la mort d'Eire de Kavanagh, que nous avons remis à la police, et aussi au sujet des religieuses du Bon Secours. Cet ordre supposé s'occuper des femmes célibataires enceintes cache une organisation terrible et criminelle.

Cela a pris du temps : le temps de convaincre, le temps de montrer nos preuves, le temps de parler encore et encore avant de pouvoir agir. Les jours se sont écoulés sous un flot insensé de discussions stériles, et nous voilà aujourd'hui.

Aujourd'hui sera le jour où l'on débusquera les réels monstres de l'histoire. Non pas les enfants innocents dont l'unique faute a été de naître dans des circonstances différentes de la norme, mais les adultes aux cœurs emplis de noirceur. D'abord, Mr et Mrs Walsh, cherchant à tout prix à maintenir leur réputation et à éviter un scandale, qui ont menti et tenté d'incriminer d'autres personnes. Kavanagh qui, sous la pression de ses supérieurs, a enlevé une enfant inoffensive la poussant à un accident mortel. Enfin, les religieuses du couvent de Tuam désirant expier les péchés des mères en imposant une éducation abusive sur leur progéniture. Elles ont terrifié des villageois en jouant sur leurs croyances et ont maltraité des femmes et des enfants.

J'espère que les maux et l'injustice, connus par Eire, trouveront enfin un dénouement.

Passé midi, je m'apprête à sortir pour rejoindre Tuam où la police doit venir enquêter au couvent. Je souhaite être présent pour partager le récit de ce que nous avons tous vécu, mais surtout raconter l'histoire d'Eire. J'attrape ma sacoche contenant mon carnet. Durant cette semaine d'attente, j'ai pu me replonger dans l'écriture, l'unique moyen de faire le deuil ; du moins essayer. Puis, je m'avance vers la porte.

Je suis rattrapé par Liam qui pose sa main sur mon épaule et me force à me tourner.

— Nous devons parler, Jack.

— Je n'ai pas trop le temps, je veux être présent pour l'inspection du couvent.

— J'insiste, réplique-t-il.

Intrigué, je le suis au salon.

— La police a envoyé plusieurs inspecteurs ce matin de bonne heure au couvent, me dit-il mal à l'aise.

Je patiente pour entendre la suite, mais mon frère demeure muet. Étonné par sa mine déconfite, je demande :

— J'espérais y assister, mais au moins l'affaire est prise en charge et les enfants pourront être protégés. C'est tout ce qui importe, n'est-ce pas ?!

Liam darde ses yeux brillants dans les miens. L'expression de son visage est aux antipodes de celle qu'il arbore habituellement. Il semble si affecté. Il attrape ma main, la serre et murmure avec peine :

— Je suis désolé…

Je reste un instant interdit devant cette phrase, le temps pour mon frère de retrouver ses moyens. Il se racle la gorge puis poursuit :

— La police n'est restée que quelques minutes sur les lieux. Juste le temps de faire un tour rapide dans la partie principale du couvent et dans le parc. Une visite plus symbolique qu'investigatrice si tu veux mon avis.

Je contracte mon poing par frustration, imité par Liam. Une amère déception se lit sur mon visage. Je vais répliquer, mais mon frère me devance :

— Je n'ai pas fini. J'ai appris tardivement le changement d'horaire et je n'ai pas eu le temps de te prévenir, mais puisque je me trouvais pas loin de Tuam, je suis passé au couvent. J'étais dehors, à l'entrée, lorsque la police a rejoint la fosse sous le chêne. J'ai patienté trois, peut-être cinq minutes, puis ils sont repartis. J'en ai profité pour les questionner. Ils ne pensent pas que les ossements sont récents. D'après eux, le fait qu'il n'y ait plus aucune trace de chaire en décomposition prouve que les ossements sont anciens et datent du siècle dernier. Une famine de grande ampleur a éclaté en 1845 et ils supputent que les restes retrouvés viennent de cette époque.

Un profond silence s'installe entre nous. Mon frère me dévisage, inquiet et prêt à intervenir pour me calmer. Mais je ne bouge pas, je reste stoïque. Du moins en apparence, car à l'intérieur, je bouillonne.

— Une fosse commune datant du 19e siècle, c'est ça que la police pense ? (je ferme les yeux et inspire longuement) et toi, qu'en penses-tu ?

— Ça dépasse de très loin mes compétences, Jack ! Je sais que tu voulais…

Mais je lui coupe aussitôt la parole :

— Je voulais, quoi ?! Que des gens compétents agissent pour une fois ! Tu leur as signifié les marques charbonneuses sur les os, comparables aux sillons laissés par le feu ? Ça expliquerait qu'il n'y ait pas de chair et donc que les ossements ne sont pas si anciens ! Ils doivent faire des analyses.

Liam acquiesce, d'un air désolé.

— Ils n'ont rien voulu entendre. Ils avaient déjà rédigé leur rapport. Pour eux, l'affaire est close.

Des larmes de frustration viennent inonder mes yeux.

— Pourquoi ce scepticisme et ce besoin de bâcler l'enquête ?!

— Neil O'Brien pense que c'est louche et qu'ils couvrent l'affaire. Ça n'a rien d'étonnant, réplique-t-il en voyant mes yeux écarquillés, Kavanagh nous a avoué travailler pour le comté de Galway. Il n'a pas précisé l'instance en question, mais il doit s'agir d'une figure d'autorité, et ces policiers étaient sûrement dans la confidence. D'ailleurs, Kavanagh n'est déjà plus en détention. Il a été relâché juste après la rédaction du rapport. Si toute l'affaire a été mise en œuvre pour couvrir les agissements du couvent, notre parole ne pèse pas lourd en face. Et je ne vois pas ce qu'on pourrait faire de plus…

Affligé par ce que j'entends, je garde néanmoins un dernier espoir.

— Et Neil, il ne peut pas écrire un article pour le journal où il travaille ? Après tout, il nous reste les lettres de Madenn et des autres femmes, elles peuvent servir de preuves et de témoins.

— O'Brien a été viré ce matin.

Je m'affaisse en cachant mon visage dans mes mains.

— Je suis désolé, Jack.

Je sens une chaleur émanant de deux larges mains sur mes joues. Liam relève ma tête avec douceur.

— Je suis tellement désolé… pour tout. Pour Eire et le reste. Je regrette ce que je t'ai dit la semaine dernière, tu n'es pas un fardeau.

Son regard, tout à coup, semble fuyant. Il lâche mon visage et commence à triturer sa chemise en lin. Son inconfort m'étonne, mais pas autant que les mots qu'il prononce ensuite :

— J'ai été en colère depuis de nombreuses années et je t'en ai voulu pour la mort de Lewis. Tu étais celui qui lançait les bêtises et il te suivait toujours… mais tu n'étais qu'un enfant toi aussi, tu n'étais pas responsable. Je suis navré qu'il m'ait fallu de tels évènements pour le comprendre. J'espère que tu me pardonneras.

Je pourrais écrire que nous sommes tombés dans les bras l'un de l'autre, enfin réunis. Mais cela serait un mensonge. Je suis trop abasourdi par ses paroles pour pouvoir réagir. Je le vois quitter la pièce, puis se diriger vers la porte d'entrée et sortir.

Tourmenté par un flot violent d'émotions, je demeure apathique de nombreuses minutes. La tristesse de la perte. Eire avait comblé un vide dans mon cœur, vacant depuis que j'avais l'âge de cinq ans. Maintenant, ce trou semble plus profond encore, une cavité sans fin déchire des parcelles de mon âme. Il y a aussi la colère de cette injustice infecte. Je me suis démené pour trouver la vérité et, malgré cela, rien n'en ressort. Rien n'a de sens face à ce nuage de cruauté où l'horreur appelle l'horreur. Enfin, je suis soulagé. La confidence de Liam m'enlève un poids qui pesait sur ma poitrine depuis trop longtemps. Mais comment gérer tous ces sentiments contradictoires ?

Incapable de supporter plus de pression, je me relève soudain et me jette à l'extérieur. J'espère que l'air saura atténuer les tumultes de mon esprit.

Hélas, il n'en est rien. Orla Sullivan m'attend devant la porte. Une parodie de considération feinte sur son visage plissé par les rides.

— Mon pauvre Jack, contaminé par la folie des fées, à vouloir à tout prix protéger une *changeling*...

Surpris par le ton doucereux employé, j'arrête ma course et la dévisage. La doyenne du village poursuit son élucubration :

— J'ai prévenu Deirdre lorsque la gamine est arrivée, je l'ai prévenue qu'avec ta faiblesse, tu te laisserais embobiner ! Plutôt que d'accepter le départ de la fée, tu préfères chasser des mensonges.

— Des mensonges ? Les agissements du couvent ne sont pas des mensonges. Les religieuses, sous couvert de pieuses intentions, maltraitent des enfants et culpabilisent des femmes !

— Elles font le travail que Dieu leur a confié, Jack. Rien de plus, rien de moins. Quelles autres perspectives ont ces femmes de faible vertu et leur progéniture ? demande-t-elle.

Je comprends pourquoi la police n'a pas donné suite à l'enquête. Qu'importe la vérité, qu'importe la moralité, ils préfèrent tous se bercer de l'illusion que le couvent sauve la vie de ces enfants illégitimes. Soudain, je comprends la réalité de l'existence. J'ai beau quêter la vérité, celle-ci ne sera pas toujours appréciée ou écoutée. Malgré un combat perdu d'avance, je réplique toutefois :

— La véritable hypocrisie reste de croire qu'une fillette était l'incarnation d'une créature horrifique simplement parce qu'elle avait un regard différent. Voilà la véritable folie. La différence ne devrait jamais être prise pour un signe de monstruosité.

Un bruit d'aspiration s'échappe de la bouche d'Orla. Puis, elle découvre ses dents jaunies par le temps dans une grimace :

— Tu as toujours été étrange. Déjà gamins, on vous voyait vagabonder dans le village. Toi et l'autre !

Je plisse les yeux, méfiant.

— Moi et l'autre… Quel autre ?

Une suspicion s'éveille dans mon esprit.

— Mon frère Lewis ?

— Vous étiez trop identiques ! rétorque Orla. Tout le monde au village l'avait compris. Les fées avaient laissé leur créature en oubliant de prendre l'humain avec elles. Je me demande pourtant si c'est le bon qui a disparu…

II

12 H 45

Mon histoire s'entrelace dans une danse perpétuelle avec les mythes.

D'ailleurs, mon premier souvenir d'enfant date de l'époque où nous habitions encore l'Irlande, je devais avoir trois ans. J'étais si jeune, ces réminiscences demeurent confuses et ambigües, pourtant certains moments restent gravés dans ma mémoire. Chaque fois, c'est ma grand-mère que je vois, assise près de l'âtre à préparer ses mixtures. Des odeurs de feuilles fraichement coupées et de fumigations remontent à la surface de ma conscience. Puis il y a les histoires. Oui, j'adorais l'écouter pendant des heures me raconter l'incroyable univers où vivaient les fées et créatures de l'Autre Monde. Évoquer l'enchantement de ces êtres, autant que l'horreur. Comprenais-je tout à cette époque ? Il est probable que non. Mais j'aimais me laisser porter par sa voix et voguer dans un océan de mystère.

Fomoires, *Banshee*, *Cat Sidhe*, *Dullahan* ou *Changeling*... Ils ont tous nourri mon existence, me laissant dans l'embarras de savoir s'ils étaient le fruit de l'imagination ou bien une réalité oubliée.

Tout change pourtant. La vie prend différents tournants, et mon enfance s'est évanouie dans les larmes. J'ignore toujours pourquoi nous avons suivi notre père en France. Mais c'est là-bas, dans la laideur d'une guerre, que l'effroyable arriva.

C'est étrange, mais j'ai peu de souvenirs de mon frère. Je me remémore son visage, mais peut-être est-ce parce que je me rappelle ma propre apparence. Je sais également qu'il était d'une nature plus douce et conciliante que la mienne, c'est l'une des rares choses que ma famille a souvent répétée au fil des années.

Je crois me souvenir de ce soir où tout a basculé. Un soir de tempête où j'ai vu ma mère pleurer à cause de la peur et l'absence de mon père parti au front. J'ai voulu la réconforter, lui rendre le sourire et, du haut de mes cinq ans, j'ai eu l'idée de ramener mon père à la maison. Lewis a accepté de m'accompagner et ensemble nous sommes partis sur un chemin de campagne. Il faisait froid et humide.

Une rencontre irrationnelle a pourtant mis fin à notre trajet, et j'ai perdu mon frère après ce voyage improvisé.

Les évènements de l'été, entre le manoir d'Ashford et la mort d'Eire, ont ravivé mes blessures d'enfant. Lorsque je ferme doucement la porte derrière moi et pénètre dans la maison, mon esprit demeure tourmenté par les paroles de la mère Sullivan. M'interrogeant de nouveau sur la possibilité d'un lien entre mon présent et mon passé.

Je m'avance, mon corps entier tremble sous la multitude d'hypothèses qui se crée. Je reviens dans le salon que je venais de quitter et hèle mes parents, que j'entends bouger à l'étage. À leur arrivée, je demande d'une voix lasse :

— Pourquoi avons-nous quitté Galway pour la France ?

Ma mère baisse la tête, les traits du visage tirés par la tristesse. Mon père soupire, mais répond :

— On en a déjà parlé, Jack !

— Non, je t'ai posé la question, mais tu ne m'as jamais répondu.

Il ajoute avec fermeté :

— Parce qu'il n'y a rien à raconter. D'ailleurs, pourquoi cette question maintenant, tu ne devais pas aller à Tuam pour l'inspection ?

— Elle a eu lieu ce matin, je réplique.

La digression de mon père m'accable. Comment une simple question peut-elle induire autant de fausseté ? Je poursuis :

— J'ai rencontré Orla Sullivan à l'instant. Elle avait des choses à dire sur moi et Lewis.

Le prénom de mon frère sonne bizarrement lorsque je le prononce à voix haute. Nous avons tellement pris l'habitude de ne pas l'évoquer, comme un tabou, que les voyelles me semblent étrangères. En accueillant ma parole, mes parents se concertent dans un regard meurtri. Ma mère cherche à intervenir, mais mon père la devance.

— La doyenne du village commence à perdre la tête avec l'âge. Tu ne devrais pas faire attention à ses divagations !

J'aimerais contredire, trouver la force de pousser mon père vers la vérité. Ce n'est pas qu'ils me mentent, mais ils ne me disent rien, me laissent dans l'ignorance, et c'est finalement pire, car mon esprit échafaude alors toutes sortes d'histoires plus absurdes et terribles les unes que les autres. Soudain, le poids des dernières semaines me fige et je n'arrive pas à parler pour empêcher mes parents de repartir. Mon père se détourne de moi et ma mère reste à me dévisager. Deirdre choisit cette minute pour entrer dans la maison à l'heure du déjeuner.

— Enfin ! Le village va pouvoir retrouver un peu de tranquillité maintenant que cette affaire se termine. J'ai passé la matinée avec le conseil des doyennes, et nous…

Mais je ne la laisse pas terminer sa phrase. L'évocation de l'affaire et des doyennes me redonne l'énergie nécessaire pour refuser de me laisser faire. J'attrape la manche de mon père et le force à me faire face.

— J'ai besoin de comprendre. Alors, plutôt que de laisser les mauvaises personnes combler mes interrogations, ne faudrait-il pas mieux que mes parents aient le courage d'y répondre ?!

Ma grand-mère, estomaquée par mon aplomb, demande, surprise :

— De quoi parles-tu, Jack ? Colin, qu'est-ce qui se passe ?

Ce dernier abdique, et dans une grimace affligée, il répond à sa mère en m'ignorant sciemment :

— Jack a rencontré Orla juste avant que tu rentres et il faut croire qu'elle avait des choses à dire sur Jack et son frère...

— Liam ? questionne avec innocence ma grand-mère.

— Non, Deirdre, Orla a parlé de Lewis.

Un certain malaise plonge l'habitation dans le mutisme. Ma mère conserve une allure aussi figée que celle d'une statue, les épaules de mon père s'avachissent et ma grand-mère rougit. De mon côté, je balaie mon regard vers les membres de ma famille, souhaitant lire sur leurs visages et dans leurs manières cette vérité que je recherche. Au bout d'un moment, mon père se redresse et me dit dans un murmure :

— C'est une longue histoire, Jack, ou du moins compliquée. Et je ne suis pas sûr que tu aies besoin de tout savoir.

— S'il te plait..., je supplie.

— Ça suffit ! réplique ma grand-mère. Orla n'avait rien à dire et elle ne parlera plus, vous pouvez en être sûrs. Au lieu de gaspiller notre temps en de vaines et futiles paroles, mangeons !

Mais je préfère l'ignorer et concentre mon regard sur ma mère et mon père.

— C'est à propos des *changelings*, n'est-ce pas ?

Mes présomptions commencent à former une idée de plus en plus concrète et, finalement, je désire surtout avoir une confirmation. Enfin, aussi ambigu que cela soit, je préférerais avoir tort pour cette histoire. Je réalise soudain à quel point il est difficile, au sein de notre propre famille, de chasser la vérité car parfois celle-ci nous fait bien trop peur.

Mon père s'avance vers moi, plonge ses yeux clairs dans les miens et pose ses mains fines sur mes épaules.

— Nous devions partir, car il n'y avait plus de place pour nous au village.

Je sens arriver l'horrible aveu. D'ailleurs, derrière moi, j'entends ma grand-mère remuer. Mais mon père poursuit :

— Pour bon nombre de personnes, l'arrivée de jumeaux au village a été perçue comme un signe néfaste…

Je finis sa phrase dans un souffle :

— On nous a pris pour des *changelings*.

Deirdre intervient enfin en se positionnant à côté de moi.

— Bien sûr que non. Il y avait un *changeling*, mais l'autre était humain.

Sa phrase éclate à mes oreilles dans une explosion d'émotions. L'aversion surtout prend le dessus. J'ai enfin ma réponse : nous avons quitté l'Irlande pour fuir les superstitions, mon frère est mort à cause d'une risible ignorance et de l'intolérance. Est-ce que je me sens mieux maintenant ?

III

13 H 30

En 1929, la campagne irlandaise demeure ancrée dans des croyances celtes, imbriquées avec la religion catholique. La vie quotidienne est rythmée par les cloches de l'église et les traditions d'antan. Ces pratiques et superstitions se fondent alors pour créer une fusion unique et fascinante... mais parfois dévastatrice.

La rigidité d'un pays encore altéré par la guerre civile empêche l'esprit de s'ouvrir. Une société conservatrice persiste et, à ses yeux, la singularité doit donc être réprimée.

Voilà, l'originalité et la différence doivent s'éteindre sous le cri de l'ignorance.

Je sais déjà tout ça, bien sûr, et pourtant j'ai l'impression de ne comprendre que maintenant l'impact réel sur nos existences.

Moi dans tout ça, je rêve d'oublier. Je souhaite crier ma rage, mon inquiétude aussi et ma peine. Au lieu de cela, je m'enfuis, encore une fois, et je me réfugie dans la forêt. Peut-être que ma grand-mère a raison après tout, et que les êtres atypiques, jugés différents, sont bel et bien des créatures féeriques vivant dans les bois !

J'ai tant sollicité ces réponses sur mon passé, aspiré à comprendre. Mais finalement, le résultat me laisse davantage dans l'abîme de l'incompréhension. La réalité me semble bien trop incongrue et absurde. Je suis perdu, dans mes pensées, dans mes sentiments, je n'arrive plus à déterminer ce qu'il y a en moi.

Mes pas me mènent alors vers le seul et unique lieu où mon cœur demeure serein et où tout mon être s'aligne. En chemin, j'attrape des touffes de fleurs que je garde contre ma poitrine, puis je poursuis ma route. Je pourrais m'y rendre les yeux clos et me laisser guider par les chants des oiseaux, par la brise légère qui s'engouffre dans les feuillages ou encore par le frisson qui dresse les poils de ma nuque quand j'arrive. Malgré une larme qui sillonne ma joue, un sourire étire mes lèvres… je suis arrivé.

Dans un endroit clairsemé de la forêt, mais à l'abri des regards indiscrets, nous avons enterré la petite Eire. Une pierre est dressée pour marquer son dernier lieu de repos, rien d'autre. La communauté ne désirait pas lui donner de sépulture, alors nous avons choisi un endroit perdu et loin de tout. Le décor est si enchanteur, je sais qu'Eire aurait adoré.

Dans ce calme et auprès d'elle, j'espère retrouver la quiétude, mais le tumulte émotionnel persiste à agripper ma poitrine, rendant difficile ma respiration. Puis, un bruissement de feuilles et de branches me surprend, je me retourne.

Ma mère se tient bien droite parmi les ronces et de jolies fleurs violettes. Elle s'approche de moi et lorsqu'elle arrive à ma hauteur, elle laisse sa main caresser ma joue en essuyant une larme.

— Je me doutais que tu viendrais ici.

J'aimerais lui sourire, me montrer aimable pour enlever le pli d'inquiétude entre ses sourcils. Mais je ne peux m'y résigner. Je secoue simplement la tête dans un signe de négation.

— Je sais, Jack, crois-moi, je sais ce que tu ressens…

Je darde alors mon regard dans le sien, d'un bleu si limpide, puis demande sur un ton plus agressif que je ne le voudrais :

— Comment as-tu pu leur pardonner ? Comment as-tu fait pour revenir dans ce village, auprès de… Deirdre !

Elle me sourit de nouveau, avec tendresse.

— Parce que, Jack, c'est notre famille. Il faut apprendre à pardonner.

Dans un mouvement de bras, je m'écarte, laisse tomber les fleurs cueillies et rétorque :

— Non ! Je ne peux pas. Jamais ! À l'intérieur de moi, tout est si… sombre et chaotique.

J'attrape ma chemise et appuie sur ma poitrine avant de continuer :

— Plus rien n'a de sens, je me sens…

— Mourir ? questionne ma mère.

Je la dévisage, éberlué.

— Oh, Jack, je sais ce que tu ressens. Moi aussi, je l'ai vécu. Une douleur si vorace qu'elle râpe la gorge, noue ton estomac et compresse tes poumons. Tu as du mal à respirer et tu crois ne jamais y échapper. Mais je te le promets, tout s'efface avec le temps. Tout guérit.

Dans une supplique, je lui demande :

— Comment ? Comment as-tu trouvé la force de pardonner ? Et pourquoi ?

— Mais pour toi, Jack ! C'est toi qui m'en as donné la force.

Je ne m'attendais pas à cette réponse, et ma bouche demeure ouverte de surprise. Elle m'attrape la main et m'emmène avec elle, à quelques pas de là, pour que nous nous asseyions sur un rondin de bois.

— Tu voulais connaître la vérité sur les évènements de tes cinq ans. Il est temps que je te raconte.

Elle conserve sa main dans la mienne et, après ces premiers mots, elle la serre et reprend :

— Lewis et toi, vous êtes partis dans la nuit, sans un bruit, et ce n'est que le lendemain que nous avons découvert votre disparition. Quelle nouvelle idée avait bien pu se présenter dans vos petites têtes pour décider de partir ainsi... J'étais terrifiée ! Vous avez marché longtemps avant d'être pris dans un violent orage. Liam, accompagné d'un de nos voisins, vous a retrouvés frigorifiés et inconscients sur le bord d'une route, j'avais dû rester avec ta sœur, trop petite pour être seule. Je crois que jamais je n'effacerai l'image de Liam portant Lewis dans ses bras, et toi évanoui dans les bras du voisin. Vous sembliez si pâles et si froids... mon cœur s'est brisé une première fois...

En écoutant ses mots, je découvre l'histoire de son point de vue, vivant ses émotions.

— Votre père s'est dépêché de rentrer et nous vous avons veillé de nombreuses nuits. Tu es resté inconscient si longtemps, Jack, mais Lewis s'est réveillé. Il toussait beaucoup, mais il reprenait des couleurs. Il a même voulu venir te voir dans ton lit, il t'appelait et te demandait de revenir jouer avec lui.

La main de ma mère s'enlève de la mienne pour essuyer les larmes qui s'échappent de ses yeux. J'entends les sanglots dans sa gorge cherchant à la faire taire, mais ma mère tient bon et continue son récit.

— Puis les choses se sont précipitées. La santé de ton frère se dégradait de jour en jour et, un matin, il ne s'est pas réveillé. Toi, tu as continué à rester dans une sorte de coma et il a fallu attendre deux jours pour qu'enfin tu te réveilles. Tu es revenu dans un monde où tout n'était que tristesse et deuil. Tu n'as pas pu dire adieu à ton frère. Tu semblais perdu, nous parlant d'une silhouette blanche venue prendre Lewis avec elle. La fièvre t'avait fait délirer.

J'acquiesce, me souvenant des rêves de la Banshee.

— C'est à cet instant que j'ai sombré. La colère m'a submergée. J'étais en colère contre ceux qui nous avaient bannis, en colère contre ton père pour nous avoir laissés, en colère contre moi aussi pour avoir découvert votre disparition trop tard...

À cet instant, j'ai peur de ce qui peut suivre. Je prends donc les devants :

— En colère contre moi pour avoir survécu ?

— Jamais ! Jamais je n'ai été en colère contre toi, Jack. Pourquoi l'aurais-je été ? Mais chaque fois que je te regardais, je voyais ton frère, et alors ma tristesse me submergeait. Vois-tu, Jack, la colère n'était là que pour camoufler ma peine profonde. Cela faisait six mois que je me noyais dans mon aigreur, puis tu es venu me voir. Tu as déposé une couronne de fleurs sur mes genoux et tu m'as demandé de te pardonner.

Elle m'agrippe les bras en me faisant face, à genoux dans la terre.

— Te rends-tu compte ? Toi, innocent du haut de tes cinq ans. Tu t'es senti responsable, car je ne te regardais plus, tu sentais ma colère. J'ai vu comme cela te faisait souffrir. En me demandant pardon, tu m'as fait comprendre que c'était à moi de pardonner pour continuer à vous aimer...

Nous nous enlaçons, car il y a un moment où les mots seuls ne suffisent plus pour exprimer ce que nous ressentons. Durant de longues minutes, nous restons ainsi, étouffant par ce geste tendre nos états d'âme.

Puis la vie reprend son cours, indéniablement. Elle m'accompagne jusqu'à la pierre tombale et m'aide à nouer les fleurs entre elles. Nous n'avons pas besoin de paroles supplémentaires, car nous nous comprenons.

Oui, la vérité n'a pas été facile à digérer. Je ne pourrai jamais oublier, mais pardonner me rendra libre. Deirdre porte ses propres fardeaux. Elle a grandi dans un temps où les croyances étaient prises pour des vérités absolues. Dans cette époque où le changement signifie la perte, alors tous le craignent. Les personnes peuvent perpétrer des actes terribles, mais elles sont souvent guidées par une peur, une éducation… En acceptant de les comprendre, je n'excuse en rien leurs gestes, mais j'arrive à émanciper mon cœur de cette charge.

Je laisse ces pensées imprégner mon esprit. Difficile de ne pas vouloir colmater la fissure de ma peine sous un amas de colère. Mais je refuse de jouer le jeu des horreurs qui en appellent de nouvelles.

Je dépose alors la couronne tressée de fleurs sur la pierre d'Eire, lui souhaitant de rejoindre un endroit fabuleux et aussi magique que le dessin qu'elle m'a fait de cette forêt enchantée. Je décide de me souvenir de sa vie, bien plus que de sa perte.

Je la quitte, mais jamais je ne l'oublierai.

ÉPILOGUE
PROMESSE DE LA LUMIÈRE

C'est dans la noirceur de la nuit que les monstres s'animent. Cherchant douceur et innocence pour repousser la froideur des ténèbres.

⁂

Les deux frères se tiennent toujours la main lorsqu'ils traversent le village. Les murmures de désapprobation, ils ne les comprennent pas, mais ils ressentent la gêne. À leurs yeux, la nuit leur apporte la possibilité de devenirs invisibles, loin de ces regards. La lumière du jour au contraire les propulse au centre des commérages.
 Est-ce pour cela que l'obscurité d'une heure tardive appartient aux monstres ? La singularité s'affranchit si rien ne l'éclaire.
 Les souvenirs ont l'étrange pouvoir d'appartenir à un monde bien à eux. Ils révèlent des sensations, des émotions, laissant parfois de côté les images. Je me souvenais assez peu de notre vie en Irlande avant notre départ pour la France, gardant en tête des réminiscences déformées. Sûrement le moyen de me protéger.

Maintenant que le voile est tombé, tout m'apparait éclatant, aveuglant presque, et je n'ai plus peur. Qu'importe la perception des autres, je suis ce que je suis... et je peux enfin m'assumer : être différent, un monstre ou l'enfant des fées.

Je dois partir bien sûr, plus rien ne me retient. Je ne fuis pas, mais j'arrive enfin à me détacher de mon passé oppressant pour rejoindre avec sérénité un futur plein de promesses. Un futur pour lequel je serai prêt à m'affirmer.

***

Si la nuit attise les cauchemars, le jour promet un nouveau départ, celui d'une liberté longtemps cherchée et durement acquise. La liberté d'être, sans avoir à s'excuser au-delà de la magie et de la réalité.

LA VÉRITABLE HISTOIRE DU COUVENT DE TUAM :

Pour ce nouveau tome, j'ai fondé mon intrigue sur une terrible affaire qui a ébranlé l'Irlande.

Entre 1922 et 1998, 9000 enfants sont morts dans ces établissements pour femmes célibataires, gérés par des religieuses catholiques et l'État irlandais.

Le scandale des maisons mères-enfants a débuté en 1922. De jeunes femmes célibataires, rejetées par leur famille, ont été accueillies pour mettre au monde leurs enfants illégitimes. Les jeunes femmes y ont été maltraitées et exploitées, tandis que les enfants leur étaient confisqués à la naissance. Le manque de soin et de traitement a causé le décès d'un grand nombre de nouveau-nés et ce taux élevé de mortalité dans ces établissements était connu des autorités locales et nationales.

En 2016, après des fouilles menées à Tuam, une fosse commune a été découverte. Des restes humains âgés de trente-cinq semaines fœtales à deux ou trois ans y étaient enterrés.

Ce terrible chapitre de l'histoire irlandaise a « *mis en lumière une culture profondément misogyne en Irlande pendant plusieurs décennies, avec une discrimination grave et systématique à l'égard des femmes, en particulier celles qui ont donné naissance hors mariage.* » Micheál Martin (1er ministre irlandais de 2020 à 2022).

Sources :
- Euronews : https://fr.euronews.com/2021/01/13/en-irlande-l-horreur-des-maisons-mere-enfant-revelee-par-un-vaste-rapport
- Wikipédia : https://en.wikipedia.org/wiki/Bon_Secours_Mother_and_Baby_Home

MON PARCOURS D'AUTEURE
QUI EST ANAÏS BONAVENTURE ?!

Dans les années 90, à peine âgée de quatre ans, j'étais terrifiée par le monstre caché sous mon lit. En grandissant, j'aurais pu oublier son existence, mais je me souvenais de lui, des émotions qu'il avait fait naître en moi, et j'ai commencé à le dessiner, à écrire sur lui.

À force de raconter ses histoires, nous nous sommes apprivoisés, le Monstre et moi. La peur a laissé la place à quelque chose de plus incroyable et dévorant... **La créativité !**

En laissant mon monstre m'inspirer, je crée des histoires à son image, à la fois fabuleuses et terribles, mélangeant les émotions pour créer une ambiance douce-amère. **Du polar aux intrigues fantastiques**, j'aime embarquer les lecteurs dans des univers déroutants et mystérieux où l'imaginaire devient un outil pour comprendre l'âme humaine. Poésie et philosophie rythment mes récits, agrémentés de descriptions visuelles et sensorielles, empreintes de mes études en audiovisuel.

Mes personnages, tout comme moi, sont toujours en quête d'eux-mêmes, tournés vers l'introspection, cherchant des réponses sur leur passé ou à affronter leurs peurs profondes.

Cette passion m'a donc orienté vers l'écriture, mais aussi le dessin et la peinture, cherchant à raconter des histoires à travers les images. Chaque coup de pinceau et de crayon devient une extension colorée et vibrante de mon imaginaire. Je ne cherche pas à narrer ce que je vois, mais à dépeindre ma propre interprétation. Relater l'expression d'une émotion et d'une expérience pour transcender la réalité.

LIVRES DE L'AUTEURE :

Retrouvez le tome 1 des Chroniques de Jack Donegan : <u>Mystère au manoir d'Ashford</u>

Pour Jack Donegan, jeune diplômé de bientôt dix-huit ans, l'invitation de la famille Harvest devient dangereuse lorsqu'une créature hante le parc d'Ashford. Derrière les sourires, à qui peut-il encore se fier ?

Un **recueil de nouvelles** fantastiques captivant : <u>Histoire de monstres</u>

Rencontrez Edmond et Eleanor, deux âmes perdues dans un monde où les technologies quantiques côtoient des créatures à glacer le sang. L'un détient une vérité que personne n'accepte, l'autre cherche une vérité qu'elle risque de ne pas accepter.

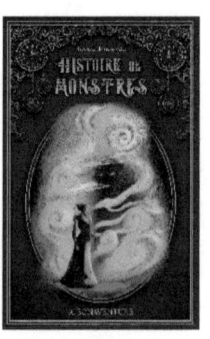

Un **album jeunesse illustré** de fantasy d'aventure : <u>Elisabeth et le livre des âmes seules</u>

Un livre qui chante, un chat qui parle et un monstre qui prend vie... Elisabeth n'est pas au bout de ses surprises !

LETTRE AUX LECTEURS :

    Je tiens à vous remercier, lecteurs, d'avoir choisi de découvrir *L'énigme de l'enfant fée*. J'espère que cette lecture vous a comblés autant que j'ai pris plaisir à l'écrire !
    Je vous serais très reconnaissante si vous donniez votre avis sur les plateformes de librairies en ligne telles qu'Amazon ou la Fnac, car chacun d'eux permettra de faire connaître les aventures de Jack Donegan à d'autres personnes.
    Si vous souhaitez rester informés sur la sortie de mes romans et de mes peintures, vous pouvez me suivre sur les réseaux sociaux. Vous pouvez aussi découvrir mon univers sur mon site internet, également acheter des exemplaires dédicacés de mes livres, commander mes tableaux et surtout, vous inscrire à ma newsletter pour recevoir des cadeaux inédits !
Au plaisir de vous retrouver,
Anaïs Bonaventure
Facebook @AuteureBonaventure
Instagram @anaisbonaventure
www.anaisbonaventure.com

Pour rester informés de mon actualité et découvrir une nouvelle histoire de Jack Donegan, je vous propose de vous inscrire à la newsletter grâce à ce QR code. Vous recevrez ainsi une nouvelle exclusive réservée aux abonnés !

CRÉDITS :

Design de couverture : Anaïs Bonaventure
Alpha-lecture : Laura et Fabienne
Bêta-lecture pro et correction : @beta_lecture_and_co

Je dédie ce livre :
À Guillaume, qui m'accompagne au quotidien dans le monde de l'onirisme.
À mes parents, qui me soutiennent et m'encouragent.
À Laura, pour son amitié et sa lecture en même temps que j'écrivais.
À Éléonore, pour ses avis bienveillants et ses corrections.
Enfin, mes remerciements à Jack, qui me guide depuis 2020 dans ses aventures…